김영 장편소설

유 레이즈
미 업

유 레이즈 미 업

발행일   2025년 4월 3일

지은이   김영
펴낸이   손형국
펴낸곳   (주)북랩
편집인   선일영   편집   김현아, 배진용, 김다빈, 김부경
디자인   이현수, 김민하, 임진형, 안유경, 신혜림   제작   박기성, 구성우, 이창영, 배상진
마케팅   김회란, 박진관
출판등록   2004. 12. 1(제2012-000051호)
주소   서울특별시 금천구 가산디지털 1로 168, 우림라이온스밸리 B동 B113~114호, C동 B101호
홈페이지   www.book.co.kr
전화번호   (02)2026-5777   팩스   (02)3159-9637

ISBN   979-11-7224-547-4 03810(종이책)   979-11-7224-548-1 05810 (전자책)

(주)북랩 성공출판의 파트너
북랩 홈페이지와 패밀리 사이트에서 다양한 출판 솔루션을 만나 보세요!
홈페이지 book.co.kr   •   **블로그** blog.naver.com/essaybook   •   **출판문의** book@book.co.kr

작가 연락처 문의 ▶ ask.book.co.kr
작가 연락처는 개인정보이므로 북랩에서 알려드릴 수 없습니다.

김영 장편소설

유 레이즈 미 업

 북랩

개정판을 내면서

●

『제니 정과 요한이 아빠의 크리스마스 이야기』.

이 책을 낸 지 바로 엊그제 같은데, 벌써 십수 년의 세월이 훌쩍 흘렀다.

세상에 제 이름으로 된 책을 한 권이라도 내 본 사람이라면 누구나 한 번쯤 해봤을 달콤한 상상일 테지만, 나는 이 책을 처음 낼 때만 해도 이 책이 꽤 많은 사람들에게 팔리고 선한 영향력 같은 것을 끼칠 거라 생각했었다. 이 책은 내가 생각하기에도 영

마뜩잖고 볼품없는 것임엔 틀림없지만, 그것과는 별개로 나는 이 책이 가진 가치며 효용성에 대해서 약간의 기대와 설렘 같은 걸 갖고 있었던 게 사실이었으니까.

그러나, 안타깝게도 나는 지난 십수 년 동안 이 책을 그리 많이 팔지도 또 세상의 많은 사람에게 선한 영향력 같은 것도 별로 많이 끼치지 못했다. 세간에 이름이 나지 않은 무명작가가 쓴 책이 다들 그런 운명을 맞이할 수밖에 없겠지만, 나는 애초 이 책을 처음 내던 때의 기대와 의도와는 달리 너무나 초라한 성적을 거둘 수밖에 없었던 것이다. 하여 나는 십수 년 전에 쓴 이 책을 보며 늘 가슴에 조그마한 미련이랄까 아쉬움 같은 것을 느낄 수밖에 없었는데, 그러던 차에 나는 우연히 이 책을(뒤늦게나마) 읽은 몇몇 독자들에게 분에 넘치는 칭찬과 격려를 받게 되었고, 그와 함께 이 책을 다시 한번 세상에 내놓는 게 어떠냐는 식의 강한 주장과 권유를 받게 되었던 것이다. 벌써 한 번 출판한 책이긴 하지만, 그래도 이 책만이 가진 가치와 묘한 매력 같은 게 있으니 약간의 수정과 표지갈이 같은 걸 거쳐 이 책이 다시 한번 세상에 나오면 그것도 영 무의미하기만 하고 쓸데없는 일만은 아니라고 하면서 말이다.

그리하여, 나는 이제 약간의 갈등과 고심 끝에 다시 한번 이 책을 세상에 내놓는다. 두 개의 간증 형식으로 된 기독교 소설이라 하나님을 믿지 않는 사람들에겐 다소 읽기 불편하고 거북할 수 있겠지만, 이 점 독자 여러분이 널리 이해하고 읽어 주신다면 이 책을 쓴 작가로서 더할 나위 없이 감사한 노릇이겠다.

김영

목차

1부

제니 정의 이야기

여기 이 교회의 목사님과 한나 선생님의 권유로 갑자기 간증 비슷한 걸 하게 됐지만, 저는 지금까지도 제게 일어난 모든 일들이 다 꿈만 같고 잘 믿기지 않는 소설 속의 일만 같아요. 이제 겨우 스물 몇 해밖에 안 산 짧은 인생이긴 하지만, 제가 오늘처럼 또 많은 인생 공부를 하고 하나님의 살아계심을 직접 체험한 것은 이번이 처음이니까요.

　자, 그럼 이제 서론은 그만하기로 하고…… 제가 오늘 하루 동안 겪은 여러 가지 일들과 놀라운 영적 체험 같은 것을 빨리 여러분에게 들려드려야 할 것 같군요. 이제 밤도 제법 많이 깊었고, 여러분께선 아까부터 "아니, 저 여자는 누구지?"라거나 "아니, 저 아가씨가 왜 갑자기 우리 교회에 나타나 생각지도 못한 깜짝 출연을 하고 짧은 간증 같은 것을 한다 그러지?" 많이 궁금하실 테니까 말이에요.

저는 오늘 새벽, 제가 묵고 있는 호텔에서 여기 이 교회로 새벽 예배를 보러 왔습니다. 몇 대째 내려오는 크리스천 집안에 모태신앙이긴 하지만, 솔직히 저는 평소엔 새벽 예배에 잘 참석하지 않아요. 제가 새벽 예배를 다닐 만큼 신실한 신자가 아니기 때문이기도 하지만, 사실 제가 살고 있는 미국에서는 새벽 예배라든가 철야 예배 같은 게 여기 한국에서처럼 그리 흔하거나 보편적인 일은 아니니까 말이죠.

물론 저는 미국 교회가 아니라 한국 사람들이 다니는 한인 교회에 다녀요. 그래서 가끔은 부모님을 따라 새벽 예배에 나가기도 하죠. 하지만 1년에 절반 이상은 집을 비우고 세계 곳곳으로 연주 여행을 다니는 제 직업의 특성상, 저는 새벽 예배는커녕 주일 예배를 지키지도 못하는 경우도 허다합니다. 그곳이 이슬람 국가든 불교 국가든 저는 평소 저의 음악을 아끼고 사랑하는 관객이 있는 곳이면 어디든 달려가는 바이올리니스트거든요.

그래요, 여러분도 아시다시피 저는 바이올린을 연주하는 바이올리니스트입니다. 장영주, 그러니까 '사라 장'만큼 유명하진 않지만 군이 클래식 팬이 아니더라도 제 이름과 얼굴은 그리 낯설지 않을 겁니다. 이런저런 지면이나 방송을 통해 저는 비교적 국내에서도 이름이 잘 알려진 음악가 중의 한 명이니까요.

아무튼, 저는 오늘 새벽 5시쯤 제가 묵고 있던 호텔 방을 나섰습니다. 한 손에는 성경책을, 그리고 다른 한 손에는 바이올린 가방을 들고요. 새벽부터 웬 바이올린? 하고 의아해하실까 봐 드리는 말씀인데, 사실 저는 호텔 근처의 이 교회에서 새벽 예배를 본 뒤 제가 갖고 있던 바이올린으로 약간의 퍼포먼스랄까 선행 같은 것을 할 생각이었습니다. 크리스마스를 맞이해 여기 이 근처의 사람들이 많이 다니는 지하철역에서 말이죠.

그래요! 저는 오늘 제 나름대로 조금 뜻깊고 유익한 크리스마스이브를 보내고 싶다는 생각에 다소 엉뚱한 계획을 세웠습니다. 지하철역에서 바이올린을 연주하는 것이었죠! 물론 사람들에게 제 얼굴과 정체 같은 걸 철저히 숨긴 채 말이에요. 그랬습니다. 저는 사람들에게 저를 '바이올리니스트 제니 정'이 아닌,

그냥 바이올린을 전공하는 가난한 음악도나 거리의 악사쯤으로 여겨지기를 원했던 거지요.

왜 그런 엉뚱한 생각을 했냐고요? 하하, 글쎄요. 뭐라고 얘기해야 할까요? 원래 제가 다른 사람들보다 호기심이랄까 모험심 같은 게 강한 편이어서 곧잘 그런 엉뚱한 사고를 치는 편이긴 하지만, 아무래도 제가 그런 엉뚱한 생각을 하고 일을 꾸미게 된 건 몇 년 전 한 선배 연주자에게서 들은 이야기가 크게 작용하지 않았나 싶어요. 어쩌면 여러분도 해외 토픽 같은 데서 그 기사를 봐서 알고 계실지도 모르겠지만, 그 선배 연주자는-굳이 이름을 언급하지는 않겠습니다-몇 년 전 아주 흥미로운 퍼포먼스를 한 가지 했었답니다. 뉴욕의 한 지하철역에서 바이올린 연주를 하는 것이었죠. 지하철 이용객이 가장 많은 출근 시간에, 세계적인 바이올리니스트라는 자신의 신분을 아무도 모르게 숨긴 채 말이에요. 물론 사람들은 그녀의 존재를 전혀 눈치채지 못했죠. 이름을 듣거나 얼굴을 보면 누구나 알 법한 세계적인 바이올리니스트가 그런 복잡하고 소란스러운 지하철역에서 거리 연주를 할 거라곤 누구도 퍼뜩 상상하기 힘들 터였으니까요.

어쨌든, 평소 제가 존경하고 사랑하는 선배 연주자는 그때의 경험담을 들려주며 아주 신선하고 흥미로운 경험이었다고 자랑이 대단했었는데, 그 선배 연주자의 말을 들으며 저는 혼자 이렇게 생각했었습니다. 언젠가 기회가 되면 나도 꼭 한번 그런 경험을 해 봐야겠다, 하고 말이죠. 항상 틀에 꽉 짜이고 빡빡한 스케줄에 쫓겨 사는 탓에 개인적으로 그런 유의 모험-〈로마의 휴일〉에 나오는 '오드리 헵번'처럼 말이죠!-을 좋아하는 편이기도 하지만, 가만히 생각해 보니 나름대로 좀 의미가 있는 일이겠더라고요. 평소 클래식을 접할 기회가 별로 없는 일반 서민들에게 클래식의 아름다움을 일깨워 주고, 또 제 바이올린 연주가 바쁜 일상에 지친 그들의 심신에 조그만 위안이라도 준다면 그게 얼마나 기쁘고 행복한 일이겠어요? 안 그렇습니까?

그러나 그건 오늘 새벽까지만 해도 전혀 예정에 없이, 저도 모르게 갑작스럽게 내린 결정이었습니다. '언젠가 기회가 되면 나도 꼭 한번 그런 경험을 해 봐야겠다!' 생각은 했지만, 향후 몇 년 뒤까지 조그만 시간도 뺄 수 없을 만큼 빡빡한 스케줄을 소화해야 하는 저로서는 아무래도 그 일이 생각처럼 그렇게 쉬운 일은 아니었으니까요.

그것도 다 주님의 놀라운 뜻이고 어떤 예시 같은 것이었을까요? 그런 일이 생기려고 그랬던지 저는 오늘 새벽 4시쯤 문득 잠이 깼습니다. 다음날과 다음다음 날(24, 25일) 있을 공연 때문에 호텔에서 혼자 늦게까지 연습(물론 저는 호텔에 묵을 때면 항상 바이올린에 끼워 쓰는 약음기를 사용합니다. 다른 투숙객들에게 불편을 주지 않기 위함입니다)한 후, 자정이 조금 지난 시각에 잠 든 터라 아직 잠자리에서 일어날 시간이 아니었지만 왠지 모르게 일찍 잠이 깨지더군요.

뭐야? 아직 새벽 4시밖에 안 됐잖아. 머리맡에 놓인 시계의 시간을 확인한 뒤 저는 다시 눈을 감고 잠을 청했습니다. 하지만 한번 달아난 잠은 좀체 다시 오지 않더군요. 이왕 이렇게 된 것, 가벼운 복장으로 호텔 앞을 산책이라도 할까 싶었지만 아직 너무 이른 시각 같아 저는 호텔 방의 컴퓨터 앞에 앉았습니다. 마침 오늘이 크리스마스이브라 저는 자연히 이런저런 기독교 관련 기사와 사이트를 검색하게 되었는데, 그러다가 저는 문득 한 블로그에 뜬 이 교회와 목사님에 관한 글을 읽게 되었습니다. 그

글을 읽으며 교회와 이 교회를 세운 목사님께 매우 큰 감동을 받았습니다. 목사님은 정말이지 놀라운 분이더군요. 여기 계신 분들은 다 알고 계시겠지만, 이 교회의 바로 턱 밑에는 예전부터 '쪽방촌'이라고 불리는 빈민가가 하나 자리 잡고 있습니다. 말 그대로 몇 평(혹은 1~2평) 크기의 좁고 작은 쪽방이 다닥다닥 붙어 있는, 병들고 가난한 사람들이 모여 사는 빈민 지역 말이죠. 그렇습니다. 여기 이 교회의 목사님은 30여 년 전부터 이 쪽방촌에 작은 교회를 하나 세우고(주님의 은혜로 이제 그 작은 교회가 엄청나게 커지고 많이 성장했지만), 쪽방촌에 사는 사람들을 위해 지금껏 예수님의 사랑을 몸소 실천하고 계신 분이었으니까요.

놀랍게도 지금 제가 서 있는 여기 이 교회에선 정말 여러 가지 좋은 일을 많이 하더군요. 지하철역이나 공원 같은 데서 노숙을 하는 사람들을 위해 하루 한 끼 무료 급식을 하기도 하고, 또 사정이 딱한 한 부모 가정이나 저소득층 자녀들을 위해 무료 어린이 선교원을 운영하기도 하고 말이죠.

예수님의 말씀과 가르침에 따라 나눔과 섬김으로 점철된 목사님의 삶을 보자, 저는 문득 저 자신에 대한 심한 부끄러움과 자책감을 느꼈습니다. 내가 너무 나만 생각하고 살았구나, 주위를 돌아보지 못하고 나만 누리고 살았구나, 하는 생각에 말이에요. 물론 사회적으로 잘 알려진 유명 인사나만큼 저는 나름대로 사회를 위해 좋은 일을 하려고 노력하고 있습니다. 실제로 저는 매년 이런저런 사회단체와 환경 단체에서 주최하는 자선 공연에 참여하기도 하고, 또 그 단체에 매달 얼마간의 돈을 기부하기도 하며 생활하고 있으니까요. 하지만 제 양심에 비추어볼 때 그런 것은 다 허울 좋은 전시용 행사일 뿐, 진짜 제 가슴속에서 주님의 사랑이 우러나와 한 일은 아니었다는 자괴감 같은 것이 문득 저를 괴롭게 만들었던 것이었습니다.

여하튼, 바로 그때! 저는 한동안 잊고 있던 그 생각을 떠올렸던 것이었습니다. 앞서 말했던 그 선배 연주자처럼 지하철역에서 즉석 공연을 해야겠다는 생각을 말이에요. 일상에 지친 바쁜 사람들에게 제 바이올린 연주를 들려주고, 또 그 공연에서 얻은 수익금을 불우 이웃을 돕는 데 쓴다면 무척 값지고 보람 있는 일일 것 같다는 생각이 불현듯 들었던 것이었습니다. 생각이 거기까지 미치자 저는 한시바삐 지하철역으로 뛰어가고 싶은 마음에

조바심이 났습니다. 하지만 아직 출근 시간이 되려면 두어 시간 정도의 시간이 남아 있었고, 그래서 저는 그동안 제가 보고 있던 블로그를 통해서 알게 된 이 교회를 찾기로 마음먹었던 것이었습니다. 마침 오늘이 크리스마스이브이자 새벽 예배가 있는 날이어서 그동안 지은 죄도 하나님께 용서받고…… 교회를 찾기에는 정말 더할 나위 없이 좋은 타이밍 같다는 생각이 들더군요.

공교롭게도 쪽방촌과 교회는 제가 묵고 있는 호텔에서 그리 멀지 않았습니다. 걸어서 겨우 10분 정도밖에 안 걸리는 거리였습니다. 아직 시간적인 여유가 좀 있어서 교회로 오기 전에 잠깐 교회 앞의 쪽방촌을 둘러보았는데, 이 세상엔 정말 어렵고 힘들게 사는 이웃이 많구나 하는 걸 하는 걸 새삼 깨달을 수 있었습니다. 아시다시피 제가 묵고 있는 ○○호텔 앞과 여기 이 쪽방촌의 맞은편(거리)엔 온갖 화려한 건물들과 고급 상점들로 넘쳐납니다. 그런데 불과 2~30미터 정도밖에 안 되는 8차선 도로를 하나 건너자 가난에 찌든 쪽방촌의 암울하고 신산스러운 풍경이 제 눈에 고스란히 다 들어왔던 것이었습니다. 아직 채 날이 밝지 않은 이른 새벽이라 쪽방촌의 풍경을 다 자세히 살펴볼 순 없었지만 거미줄처럼 얽힌 좁고 더러운 골목이며 성냥갑처럼 다닥다 닥 붙은 쪽방 집들을 보자 저도 잘 모르는 사이 긴 한숨과 탄식 같은 것이 후우, 새어 나왔습니다. 그곳은 유니세프의 초청으로 언젠가 방문한 적이 있는 아프리카의 난민촌을 연상시킬 만큼 주거 환경이며 시설 같은 것이 더럽고 열악했던 것입니다.

저는 어둡고 무거운 마음으로 쪽방촌을 나와 여기 이 교회로 새벽 예배를 보러 왔습니다. 평소 어느 정도의 사람이 모이는지 모르겠지만, 본당 안에는 제법 많은 사람이 모여 있었습니다. 저 는 혹시 저를 알아보는 사람이 있을까 봐 본당 한구석의 으슥한 곳에 자리를 잡고 조용히 예배를 보기 시작했습니다.

생각대로 목사님은 매우 훌륭한 분인 것 같더군요. 설교 내내 가난하고 소외된 사람들에 대한 사랑과 나눔, 희생과 봉사…… 등을 강조하고 설파하셨는데, 목사님의 삶에 대해 어느 정도 듣 고 와서인지 말씀 하나하나가 저를 아주 많이 반성하게 하고 부 끄럽게 만들었습니다. 어머니 배 속에서부터 예수님을 믿는 모 태신앙이지만 크리스천으로서 과연 내가 한 일이 뭐가 있던가? 나름대로 성공한 삶을 살고 있고, 또 그만큼 이 사회에 공헌하고 기여하며 살고 있다고 자부하고 있지만 나는 혹시 나 자신의 개인적인 성공과 쾌락만을 위해서만 살고 있는 건 아닐까? 하나님의 넓고 크신 사랑이 아니면 내가 어찌 오늘날 세계적인 바이올리니스트로서 성공할 수 있었겠는가?

그렇습니다. 저는 아주 오랜만에 주님 앞에 엎드려 저의 죄를 자복하고 회개했습니다. 눈으로 드러나진 않지만, 주님 앞에서 저는 한없이 큰 죄인이었습니다. 입만 열면 항상 주님! 주님! 하며 주님의 뜻대로 살겠다고 맹세했지만, 생각해 보면 자신의 성공과 안일만을 위해 살아온 욕심쟁이라는 생각이 들었던 것이었습니다.

1시간 정도의 새벽 예배가 끝난 뒤, 저는 요즘 잘 느끼지 못했던 평안과 기쁨을 느끼며 즐겁게 예배실을 나왔습니다. 요새 뭔가 원인을 잘 알 수 없는 답답함과 불안한 감정 같은 것을 느끼고 있었는데, 모두가 잠든 새벽 여기 이 교회에 와서 주님 앞에 제 허물을 모두 고백하고 회개하고 나니 제 마음은 아주 날아갈 것처럼 가볍고 행복한 기분이 들었던 것이었습니다.

1층에 있는 현관 계단을 지나 교회 마당으로 막 내려설 때였습니다. 뉴욕 양키즈의 야구 모자와 뿔테 안경으로 약간의 변장을 하긴 했지만 사람들이 혹시 저를 알아보지 않을까 하는 생각에 서둘러 걸음을 옮기는데, 누군가 뒤에서 저를 다급히 부르는 소리가 들리더군요.

"저기, 잠깐만요! 잠깐만요!!"
"?"

의아한 얼굴로 돌아보니, 30대 초반으로 보이는 착하게 생긴 자매님 한 분이 제 앞으로 허둥지둥 쫓아오더군요. 그러고는 뜬금없이 제 앞으로 검은색의 야구 모자를 불쑥 내밀었습니다.

"이거 그쪽 거 맞죠?"
"아, 네! 고마워요."

서둘러 나온다고 저는 그만 제 옆에 놓아둔 야구 모자를 깜박 잊고 안 가져왔던 것이었습니다. 혹시 그녀가 저를 알아볼까 싶어 황급히 야구 모자를 눌러썼습니다.

"우리 교회 처음 오시나 봐요? 못 보던 분 같은데……."

"네, 여행 왔다가…… 묵고 있는 숙소가 이 근처거든요……."

"네에……."

"교회 분위기가 좋네요. 목사님도 아주 훌륭하신 것 같고……
."

교회 마당을 나오는 동안 저는 그녀와 여기 이 교회와 성탄절
을 화제로 약간의 대화를 나누었습니다. 그녀는 외모에서 느꼈
던 것처럼 무척이나 선하고 훌륭한 분이더군요. 그녀와의 짧은
만남 속에서 다시 한번 제 삶이 부끄러워졌습니다. 몇 분간의 짧
은 만남이라 그리 많은 말을 나눌 수는 없었지만, 그녀는 여기
이 교회에서 운영하는 어린이 선교원의 교사로 근무하는 한편,
목사님을 도와 다른 봉사자들과 함께 이 지역의 가난하고 불우
한 이웃 주민들에게 여러 가지로 많은 자원봉사와 이웃 사랑을
실천하며 사는 분이었던 것이었습니다.

"아, 그러시군요. 정말 좋은 일 많이 하시네요. 저도 자매님처럼 그렇게 살아야 하는데……."

"아뇨, 부끄럽게 무슨 그런 말씀을…… 보기에만 그렇지, 저도 하루하루 주님께 죄를 짓고 사는 죄인인걸요."

"아뇨, 정말 훌륭하세요. 언제 기회가 되면 저도 하루 정도 시간을 내 자매님과 함께 자원봉사를 해 보고 싶네요. 무료 급식도 하고 장애아들도 돌봐주고…… 항상 생각은 있는데 그게 생각처럼 그렇게 실천이 잘 안 되더라구요."

"그러면 좋죠. 처음 한 번이 어려워서 그렇지 한 번만 해 보면 그 다음엔 쉬워요. 몸이 좀 힘들긴 해도 결코 돈으로는 살 수 없는 뿌듯함과 행복감 같은 걸 느낄 수 있을 테니까."

"네에……."

"참, 그러지 말고 혹시 오후에 시간 되면 이리로 다시 오세요. 크리스마스 행사로 교회 내 찬양 대회도 하고, 또 이것저것 맛있는 음식도 많이 준비해 두었으니까…… 오시면 무척 즐겁고 행복한 시간을 보낼 수 있을 거예요. 그러니까 바쁘지 않으면 꼭 오세요, 네?"

"저도 그리고 싶은데, 제가 오늘 좀 중요한 약속이 있어서……. 아무튼 최대한 노력해 볼게요."

저는 자매님의 청을 완곡히 거절했습니다. 생각 같아선 자매님의 청에 순순히 응하고 싶었지만, 이미 저녁 7시에 서울의 한 예술극장에서 한 차례 바이올린 독주를 하기로 예정된 몸이었으니까요.

"근데, 음악하시나 봐요? 그거 바이올린 맞죠?"

아쉽다는 듯 고개를 끄덕끄덕하던 자매님이 다시 물어왔습니다. 평소 음악에 대한 관심이 많은지 제 손에 들린 바이올린 가방을 보면서 말이죠.

"아, 예에…… 맞아요, 바이올린."

저는 엷은 미소로 고개를 끄덕였습니다. 그러자 자매님이 어딘가 조금 낯이 익은 분 같다는 듯 저에게 다시 물었습니다.

"근데…… 혹시 전에 이 교회에 다니지 않았어요? 아무래도 어디서 몇 번 뵌 분 같은데……."

"그래요? 제가 원래 그런 소리를 자주 듣는 편이에요. 왠지 몰라도 사람들이 저를 보면 자꾸 누굴 닮았다든가 어디서 많이 본 것 같다는 말을 많이 하더라구요……."

저는 대충 둘러댄 후, 자매님께 작별 인사를 했습니다. 뭐 저를 알아본다고 해서 그리 귀찮거나 사생활 침해 같은 걸 받는 건 아니었지만, 그래도 오늘만큼은 그냥 조용히 그 자매님과 헤어져 빨리 지하철역으로 가야겠다는 생각밖에는 안 들었으니까 말입니다.

"저 그럼…… 전 바쁜 일이 있어서 이만……."

"네, 만나서 반가웠어요. 즐거운 성탄 되세요."

"네, 선생님두요. 메리 크리스마스."

"메리 크리스마스."

　가벼운 목례와 함께 자매님과 헤어진 다음, 저는 여기 이 쪽방 촌에서 한 10분쯤 떨어져 있는 지하철역으로 서둘러 들어갔습니다. 시계는 벌써 6시 30분을 가리키고 있었고, 이제 지하철역은 회사로 출근하는 직장인들과 등교하는 학생들로 제법 붐비고 있을 시간이었으니까요. 저는 생전 한 번도 와 본 적 없는 서울의 지하철역으로 들어선 뒤, 잠시 묵고 있던 호텔로 다시 돌아갈까 하는 생각을 했습니다. 지하철역에서 바이올린 연주를 하겠다는 애초의 계획을 모두 집어치우고 말이죠. 제가 들어간 지하철역엔 출근하는 직장인들과 등교하는 학생들로 무척 붐비고 소란스러웠는데, 지하철 공연이 그렇게 생각처럼 쉽진 않을 거라는 건 어느 정도 예상하였지만 막상 그곳에 도착해 보니 도무지 바이올린을 켤 엄두가 잘 나지 않았던 것입니다. 어려서부터 수없이 많은 청중과 공연장에서 연주해 온 저였음에도, 그처럼 소란하고 어수선한 공간에서 연주한 적은 아직 한 번도 없는 노릇이었으니까 말이죠.

하지만 한번 마음먹은 이상 비겁하게 뒤로 물러날 수는 없는 법. 저는 심호흡을 몇 번 크게 한 뒤, 지하철 한켠의 빈 공간에 자리를 잡고 바이올린을 켜기 시작했습니다. 바흐의 무반주 소나타를 시작으로 저는 몇몇 쉽고 짧은 바이올린 소품들을 연주하기 시작했는데, 제 주위를 지나다니는 사람들이 평소 제 연주회장을 찾은 청중들처럼 열렬한 박수와 환호를 보내줄 거라 생각한 것은 아니었습니다만, 그래도 사람들의 반응은 제가 생각했던 것보다 훨씬 더 싸늘하고 실망스러운 것이었습니다. 다들 먹고살기 바빠 정서가 메말라서 그런 것인지, 아니면 평소 클래식에 대한 이해가 부족하고 흥미가 별로 없는 사람들이어서 그런 것인지 다들 저를 마치 동물원의 원숭이 보듯 신기한 눈으로 바라보며 지나갈 뿐 누구 하나 제 연주에 진지하게 귀 기울여주는 사람이 없었습니다. 물론 바이올린을 켜는 제 모습에 가난한 음대생이나 길거리 연주자쯤으로 생각하고 바이올린 가방에 몇 푼의 돈을 던져넣고 가거나 앞에 잠깐 멈춰 서서 바이올린 연주를 흐뭇하게 경청하는 사람도 영 없지는 않았습니다. 하지만 그들도 대부분 1분을 채 견디지 못하고 총총걸음을 옮기고 말더군요. 사람들의 정서가 이렇게 메말랐나? 차라리 안경과 모자를 벗고 내 얼굴을 공개할까? 그럼 사람들이 나를 알아보고 좀 더 즐겁고 행복하게 바이올린 연주를 듣고 즐기지 않을까? 저는 혼자 그런 생각들을 하며 계속 바이올린 연주를 이어 나갔습니다.

바흐를 시작으로 마스네와 파가니니를 연주하며 확실히 클래식 음악이란 대중과 너무 동떨어져 있다는 생각이 들더군요. 클래식 애호가라면 모를까 일반 대중들에게는 다소 생소하게 느껴질 수 있는 몇몇 바이올린곡을 연주한 뒤, 저는 날이 날인 만큼 존 뉴톤의 〈어메이징 그레이스〉(아시다시피 이 곡은 노예 상인이었던 존 뉴톤이 만든 찬송곡으로, 예수를 믿지 않는 일반 대중에게도 널리 잘 알려진 곡이죠)란 곡을 연주하기 시작했는데, 그 곡을 연주하자 앞서 제가 연주했던 어떤 곡들보다 사람들의 반응이 뜨거웠습니다. 그랬습니다. 대중에게 친숙하지 않은 다른 클래식 곡들을 연주할 때와는 달리 제 바이올린 가방 속으로 돈을 던져 넣고 가는 사람들의 수도 눈에 띄게 더 많았고, 또 제 바이올린 선율에 귀를 기울이는 사람도 좀 전보다 훨씬 더 많았던 것이었습니다.

그러나 무엇보다 저를 더 기쁘게 하고 고무되게 했던 건, 어디

선가 갑자기 제 앞으로 나타난 두 명의 남자 때문이었습니다. 그
들은 대략 30대 후반과 40대 중반쯤으로 보이는 더럽고 초라한
행색이었는데, 저는 그들이 그 지하철역이나 역 주변에서 노숙하
는 노숙자들임을 한눈에 알아볼 수 있었습니다. 때에 절어 번질
번질해진 옷과 며칠째 감지 않아 기름이 줄줄 흐르는 머리, 그리
고 무엇보다 그들은 그런 이른 아침 시간부터 제법 술이 불쾌하
게 취해 몸을 비틀거리고 있는 형편이었던 것이었습니다.

처음 그들이 제 앞으로 왔을 때만 해도 약간 겁이 났습니다.
혹시 저에게 무슨 해코지를 하거나 욕지거리 같은 것을 하지 않
을까 하는 걱정에서 말이죠. 괜한 걱정이었습니다. 기우였습니
다. 저는 이내 저의 그런 편견과 선입견 같은 것을 부끄러워해
야 했습니다. 어쩌면 그들은 그때껏 제가 보았던 청중 중에서 가
장 순수하고 열정적인 청중들일지도 모른다는 생각이 들었습니
다. 글쎄, 그들은 전에 어디 교회에 다닌 적이라도 있는지 어떻게
〈어메이징 그레이스〉가 〈나 같은 죄인 살리신〉이라는 찬송가
와 같은 곡이라는 걸 알고서는 제 바이올린 연주에 맞춰 "나 같
은 죄인 살리신~ 주 은혜 놀라와~"하고 찬송을 흥얼거리지 뭐겠

습니까? 거기까지만 해도 저는 그들의 그런 행동에 약간의 감동
과 감명 같은 걸 충분히 받고 있었건만, 그것도 모자라 그 두 명
중 한 명은(약간 순하게 생기고 나이가 많은 쪽이었습니다) 제 바이올
린 소리에 맞춰 웅얼웅얼 그 찬송을 따라 부르다 마침내 어린애
처럼 훌쩍훌쩍 눈물을 흘리기까지 하는 것이지 뭐겠습니까!

　아아, 정말이지 그때의 그 감동과 가슴 뜨거운 전율 같은 거라
니요! 그동안 전 세계를 돌며 수없이 많은 청중 앞에서 연주를
하고 공연을 펼쳤지만, 사실 제가 그 순간처럼 많이 놀라고 가슴
뿌듯한 감동을 느낀 적도 별로 없었던 것 같아요. 조금 극단적
인 예 같아 이런 말하기 좀 그렇긴 해도……, 저는 이때껏 제 음
악을 돈 걱정 하나 없는 부자들이나 사는 게 넉넉한 중산층을
위하여 들려주었지, 그 노숙자들처럼 가난하고 헐벗은 사람들을
위해 연주한 적은 한 번도 없던 축이었으니까 말이에요. 그래요,
저는 그 노숙자들을 보며 주님께 기도했습니다. 주님, 주님의 그
놀랍고 위대한 사랑의 손으로 저들의 아픔을 어루만져 주세요.
이 세상 모든 만물을 창조하시고 또 사랑하시는 주님! 제발 바
라고 원하옵건대, 저들처럼 병 들고, 헐벗고, 가난한 사람들에게

주님의 놀라운 사랑과 은총을 가득히 내려주시옵소서……

다소 엉뚱하고 즉흥적인 제 성격 때문에 갑자기 지하철 공연을 펼치긴 했지만, 사실 지하철에서 처음 연주를 시작할 때만 해도 제법 걱정을 많이 했습니다. 무언가에 홀리듯 새벽 일찍 눈을 떴고 어찌어찌하여 지하철역까지 작은 공연을 하러 오긴 왔지만, 내가 과연 이 일을 무사히 잘 끝낼 수 있을까? 아무 탈 없이 성공적으로 잘 끝마칠 수 있을까? 하는 두려움과 걱정 같은 게 들어서 말이죠. 하지만 애초 걱정했던 것과 달리 저는 주님의 따스한 사랑과 보살핌 덕분에 제가 하고자 했던 일들을 모두 무사히 잘 끝마칠 수 있었습니다.

한 3~40분 정도 되는 짧은 공연을 마친 뒤, 저는 지하철 한쪽에 마련된 벤치에 앉아 승객들이 주고 간 돈을 세어 보았습니다. 동전과 지폐를 다 합쳐 약 1만 6천 원쯤 되는 돈이었는데, 저는 생전 그런 큰돈을 한 번도 만져본 적이 없는 사람처럼 기쁘고 행복했습니다. 물론 그건 제가 평소 먹는 한 끼 식사비도 채 안 되는 적은 돈이었습니다. 하지만 그건 제게 다른 어떤 많은 돈보다 뜻깊고 값진 돈이었습니다. 돈이란 때때로 그 금액의 많고 적음을 떠나, 그 돈을 어떤 방식으로 어떻게 벌었고 어떻게 쓰느냐 하는 것에 따라 그 가치가 하늘과 땅 차이로 달라지는 것이니까 말이에요.

저는 지하철을 오가는 사람들이 바이올린 가방에 넣어주고 간 돈을 챙긴 뒤, 바이올린 가방을 들고 서둘러 일어섰습니다. 제가 너무 사람에 대한 믿음이 없고 예민했던 것일까요? 괜한 의심에 불안이었을 수도 있었겠지만, 아까 보았던 두 노숙자 중에서 어딘가 정신에 살짝 문제가 있고 과격해 보이는 젊은 노숙자가 자꾸 제 앞을 얼쩡거리며 저를 힐끔힐끔 쳐다보고 있었던 것이었습니다. 마치 저에게 달려들어 무슨 해코지를 하거나 제가 세고 있던 돈을 강탈해 갈 것 같은 표정으로 말이죠.

제 판단이 옳았습니다. 제가 가진 돈이 그렇게 탐나고 필요했던 것일까요? 그 노숙자에게 뭔가 심상찮은 기운과 불안한 감정 같은 것을 느끼고 황급히 역 출구 쪽으로 나가는데, 그 노숙자가 제 앞을 딱 가로막아 서며 다짜고짜 이렇게 외치지 않겠습니까!

"이봐, 아가씨! 나 돈 좀 줘!"

"네?"

"아이 씨, 술 사 먹게 5천 원만 좀 달라고!"

예의를 갖춰 곱게 얘기했으면 5천 원이 아니라 공연 수익금 전
부를 줄 수도 있었습니다. 어차피 그 돈은 여기 이 교회나 구세군
의 자선냄비에 불우이웃돕기 성금으로 모두 낼 작정이었으니까
말이에요. 하지만 그 남자의 행동은 너무도 무례하고 불쾌한 것이
었기 때문에 저는 5천 원이 아니라 단돈 5백 원도 줄 생각이 없었
습니다.

"취하신 것 같은데…… 비켜주세요."

저는 애써 부드러운 미소를 지으며, 그 남자를 피해 역 출구
쪽으로 빠르게 걸었습니다. 배가 고파 밥을 사 먹겠다고 했으면
또 몰랐겠지만, 아침부터 술을 사 먹겠다고 하니 대체 어떤 사람
이 그런 사람에게 선뜻 자신이 가진 돈을 주고 싶은 생각이 들겠

습니까?

바로 그때였습니다. 제 말에 무섭게 인상을 팍 쓰던 그가, 제 팔을 확 낚아챔과 동시에 저를 무슨 물건 던지듯 옆으로 확 패대기쳐버린 것은 말이에요.

"어멋!"

저는 남자의 우악스러운 손에 저만치 멀리 나가떨어지고 말았습니다. 그러자 아침부터 술에 취하고 어딘가 맛이 좀 간 듯한 그 남자가 갑자기, 제가 갖고 있던 바이올린 가방을 들고 역 출구 쪽으로 횡하니 달아나버리는 거지 뭐였겠어요!

"……!"

저는 너무도 놀라고 당황한 나머지, 그 남자의 그런 행동을 보고도 아무 말도 하지 못했습니다. 뭔가에 얻어맞은 것처럼 머릿속이 하얘지는 게 순간적으로 아무런 말도 생각도 잘 나지 않았던 것이었습니다.

"도, 도둑이야!"

제가 겨우 소리친 것은 그 남자가 벌써 제 곁을 떠나 멀리 달아나는 중이었습니다. 정신이 없어 정확한 거리는 잘 가늠치 못하겠지만(아마 한 2~30미터는 되지 않았나 싶어요), 그 남자는 벌써 제 바이올린을 든 채 지하철역 계단 쪽으로 막 뛰어가고 있었습니다.

"도둑이야! 도둑! 저, 저 사람 좀 잡아주세요!"

저는 달아나는 남자를 가리키며 주변에 있는 사람들에게 소리쳤습니다. 하지만 다들 바쁘고 제 일이 아니라서 그런지 저를 멀뚱멀뚱 쳐다보기만 할 뿐, 누구 하나 선뜻 나서서 도와주는 사람이 없었습니다.

"거기 서! 거기 서란 말이에욧!"

저는 옆으로 넘어지며 찧은 엉덩이와 등이 아픈 것도 잊고 제자리에서 벌떡 일어나 발을 동동 구르고 어쩔 줄 몰라 하다가, 마침내 그 남자의 뒤를 맹렬히 뒤쫓기 시작했습니다.

아아, 그러나 저는 결국 그 남자를 놓치고 말았습니다. 지하철역 계단을 뛰어 올라갈 때까지만 해도 용케 그 남자의 뒷모습을 얼핏얼핏 볼 수 있었습니다만, 지하철역 계단을 다 밟아 지상으로 올라가자마자 그만 그 남자의 행방을 놓쳐버리고 말았습니다. 마침 제 앞으로 지나가던 한 남자가 있어 저는 숨을 헐떡거리며 그 남자에게 물었습니다.

"아저씨…… 헉헉…… 혹, 혹시…… 방금 바이올린…… 들고 달아나는 사람 못 보셨어요?"
"왜요? 뭣 땜에 그러시는데요? 방금 이쪽으로 한 사람이 황급히 뛰어가긴 했는데……."

지나가던 남자가 인도 옆으로 보이는 차도를 가리켰습니다. 하지만 제가 쫓던 노숙자는 그 새 차들이 쌩쌩 지나다니는 차도를 건너 반대편 길의 어딘가로 사라져 버리고 없었습니다.

"어, 어디로 갔지? 방금 저쪽으로 뛰어갔는데······."

오, 맙소사! 오, 하나님! 저는 갑작스러운 뜀박질과 바이올린을 잃어버렸다는 충격 때문에 갑자기 눈앞이 아뜩해지는 것을 느꼈습니다. 금세라도 토할 것처럼 속이 메스껍고 호흡도 좀 곤란하고 말이죠. 저는 평소 빈혈기도 있고 심장도 좋지 않고 해서 웬만하면 과격한 운동은 좀 삼가고 있습니다만, 아침 일찍부터 몇백 미터를 전력 질주하고 또 그런 심한 봉변에 스트레스를 받고 나니 저도 모르게 그만 몸을 비틀거리다 까무룩 정신을 잃고 말았던 것이었습니다.

제가 정신을 차린 건, 근처 병원의 응급실에서였습니다. 눈을 떠보니 제 머리 위에는 두어 개의 링거가 매달려 있었고, 제 나이 또래의 간호사가 저의 혈압과 맥박수 따위를 체크하고 있는 중이었습니다.

"바이올린? 내 바이올린! 제 바이올린 어딨어요?"

저는 거의 경기를 일으키듯 물었습니다. 누워있던 침대에서 벌떡 몸을 일으키며 말이죠.

"엣? 바이올린요? 환자분…… 흥분하지 말고 찬찬히 말씀해보세요. 바이올린이라니 무슨……."

간호사의 얘긴즉, 바이올린에 대해서는 전혀 들은 적도 본 적도 없다는 것이었습니다. 자기가 알고 있는 건 제가 갑자기 길에서 정신을 잃고 쓰러졌고, 누군가가 정신을 잃고 쓰러진 저를 위해 119로 신고했고, 그리하여 신고를 받고 출동한 119대원들에 의해 제가 그 병원의 응급실로 실려왔다는 것뿐이었습니다.

오 마이 갓! 오, 맙소사! 저는 연신 저주와 절망의 말을 내뱉으며 제 팔에 꽂힌 링거줄을 떼어내고 침대에서 내려왔습니다. 평소 앓고 있는 빈혈에다 좋지 않은 심장 때문에 아직 머리가 좀 어지럽고 컨디션이 정상이 아닌 것 같았지만, 저는 한가하게 병원 침대에 누워 있을 형편이 못 되었습니다. 알만한 분은 다 아시겠지만 제가 잃어버린 악기는 보통 악기가 아니었습니다. 세계에서 가장 명성-'과르니에리 델 제수'와 함께-이 높은 명품 중의 명품 악기였습니다.

'스트라디바리우스'! 그래요, 그 악기는 18세기 초에 이탈리아에서 제작된 악기로 이탈리아의 바이올린 마스터 〈안토니오 스트라디바리〉가 직접 제작한 악기였습니다. 이제 겨우 전 세계에 몇십 기 정도밖에 없고, 몇백만 불을 줘도 쉽게 살 수 없는 명품 악기 중에서도 가장 뛰어난 명품 악기였던 것입니다!

어떻게든 제가 잃어버린 악기를 다시 찾아야 했습니다. 몇십 억을 줘도 잘 살 수 없는 악기 값도 악기 값이지만, 그 바이올린은 분신이라고 해도 좋을 만큼 아끼고 사랑하는 악기였습니다. 제가 그 악기를 지닌 지도 벌써 10여 년의 세월이 지났고, 그 동안 제가 이룩한 훌륭한 음악적 성과도 모두 그 악기와 함께 이룩한 것이었으니까 말이에요. 게다가 저는 당장 오늘 저녁, 서울의 한 예술극장에서 고국의 많은 팬과 만나기로 되어있는 몸이었기 때문에 도저히 더 이상 병원에 누워있을 처지가 못 되었던 것입니다. 아, 진짜 어쩌지? 바이올린을 못 찾으면 정말 여러 가지로 큰일일 텐데. 당장 오늘 저녁과 내일 저녁에 있을 공연도 문제지만, 향후 몇 년 동안 하루도 제대로 쉴 틈 없이 빽빽하게 들어찬 연주 일정들과 녹음 일정 등은 또 어떻게 한다지?

저는 바이올린을 잃어버렸다는 것에 대한 자책감과 향후 제게 벌어질 일 같은 것 때문에 머리가 깨질 것처럼 아프고 어지러웠지만, 무슨 일이 있어도 빨리 제가 잃어버린 바이올린을 다시 찾아야겠다는 생각을 했습니다. 안 그럼 정말 바이올린을 잃어버린 것에 대한 후폭풍과 데미지 같은 것 때문에 다시는 바이올린을 켜지 못할지도 모른다는 생각이 들 만큼 그 상실감과 두려움 같은 게 대단했으니까 말입니다. 침착하자구, 침착. 호랑이한테 물려가도 정신만 차리면 된다는 속담도 있잖아. 저는 도망치듯 병원을 나오며 어떻게 하면 그 도둑놈을 잡을 수 있을까? 생각해 보았습니다. 제일 먼저 떠오른 것은 경찰서였습니다. 하지만 저는 이내 고개를 저었습니다. 경찰서에 가면 부득불 제 이름과 신상 같은 게 밝혀질 테고, 그러면 경찰서에서 죽치고 있는 사회부 기자들에게 제가 바이올린을 도둑맞았다는 사실이 온 언론과 메스컴에 다 까발려져질 수도 있을 테니까 말입니다. 그래요,

저는 제가 오늘 아침에 겪었던 그 사건으로 인해 괜히 남의 입살에 오르거나 구설수에 휘말리는 것을 전혀 원치 않았습니다.

어떻게 하면 좋지? 어떻게 하면……? 그러다 저는 문득 '줄리아드'시절 함께 공부하던 친구의 오빠가 서울 지검의 한 검사로 있다는 사실을 생각해 냈습니다. 친구의 소개로 언젠가 친구와 함께 식사를 한 적도 있는 사이였으니까 말입니다.

저는 미국의 한 유명 오케스트라에서 활동하고 있는 친구에게 전화를 걸어 그녀의 오빠와 연락할 수 있는 전화번호를 좀 달라고 했습니다.

"우리 오빠 폰 번호? 갑자기 우리 오빠 전화번호는 왜?"

"글쎄, 빨리 전화번호나 좀 가르쳐 줘! 자세한 얘기는 나중에 다 설명해 줄게."

평소 제 팬이었던 친구의 오빠는 제 전화를 받자마자 제가 있는 커피숍으로 달려나와 주었습니다.

"바쁘실 텐데 죄송해요. 갑자기 이렇게 뵙자고 해서……."

"별 말씀을…… 근데 정말 무슨 일이에요? 제니 씨같이 바쁜 분이 저 같은 사람한테 전화를 다 주시고…… 그렇지 않아도 오늘 제니 씨 연주회에 가려고 표까지 다 예매해 뒀는데……."

"실은……."

저는 몇 분에 걸쳐 친구 오빠에게 얘기해주었습니다. 오늘 아침 지하철역에서 약간의 퍼포먼스를 한 것과 그 이후에 벌어진 일련의 사건과 불상사 같은 것들을 두서없이 말이죠.

"맙소사! 어떻게 그런 일이…… 근데 너무 그렇게 큰 걱정은 안 하셔도 될 것 같아요. 제니 씨 얘기 들으니 그냥 그 지하철역 주변에서 생활하는 노숙자가 충동적으로 저지른 일 같은데……."

황 검사는 너무 큰 걱정은 말라며 저를 위로했습니다. 장담할 순 없지만, 노숙자의 활동무대며 인상착의를 아니까 금세 찾을 수 있을 거라고 했습니다. 비록 이쪽이 자신이 근무하는 검찰청은 아니나, 직업 특성상 이쪽 경찰서에도 아는 경찰과 형사들이 많으니 그리 어렵지 않게 바이올린을 다시 찾을 수 있을 거라고 저를 안심시켰습니다.

"정말이죠? 제발 좀 그렇게 해주세요. 오빠는 아시죠? 그 악기가 저한테 얼마나 귀하고 소중한 악긴지……."
"잘 알죠. 염려 말고 제니 씬 일단 숙소로 돌아가서 좀 쉬세요. 안색이 너무 안 좋아요."

황 검사의 말을 들으니 미칠 것처럼 초조하고 불안했던 마음이 다소 안정이 되더군요. 하지만 저는 호텔로 돌아가서 좀 쉬라는 황 검사의 말을 거절한 채 황 검사와 함께 사건 현장으로 달려갔습니다. 제가 앓고 있는 빈혈과 바이올린을 잃어버렸다는 쇼크 때문에 여전히 다리가 후들후들 떨리고 머리가 어찔거렸지만, 그 상황에서 호텔로 다시 돌아갔다가는 진짜 머리가 어떻게 돼 버릴 것만 같은 기분이 들었으니까 말이죠.
검사의 힘이며 위상이 예전만 못하다 해도, 역시 대한민국 검사의 힘이며 위상은 결코 우습게 볼 게 못 되더군요? 제가 바이올린을 잃어버렸던 지하철역으로 가는 도중에 황 검사는 어딘가로 전화를 해서 부탁을 좀 하고 수사 협조 요청 같은 것을 하고 했는데, 전화를 끊기가 무섭게 몇 명의 경찰과 형사로 보이는 남자 두 명이 저와 황 검사를 도우러 그 지하철역으로 달려왔습니다. 황 검사로부터 제가 당한 사고며 사건의 정황 같은 것을 전해 들은 그들은 그 주변 일대를 샅샅이 훑고 조사하고 다녔는데, 하늘도 무심하지 않은지 결국 조사를 나간 지 두어 시간 만에 문제의 그 노숙자를 잡아 제 앞으로 끌고 왔더군요.

"제니 씨, 이 사람 맞아요? 제니 씨 바이올린을 강탈해 간 사람이?"

황 검사가 물었습니다. 건장한 형사에 잡혀 제 앞으로 끌려온 아침의 그 노숙자를 보며 말이죠.

"네, 맞아요 이 사람!"

저는 뛸 듯이 기뻤습니다. 그 사람은 분명 제 바이올린을 훔쳐 달아난 그 노숙자였으니까요. 그러나 어찌된 셈인지 그 남자의 손에는 훔쳐 간 제 바이올린이 들려 있지 않았습니다.

"아저씨, 제 바이올린 어쨌어요? 제 바이올린 말이에요!"

저는 노숙자를 잡고 크게 다그쳤습니다. 제발 그 노숙자가 제 바이올린을 어딘가로 팔아버리거나 파손해 버리지 않았기를 하나님께 간절히 기도하면서 말이죠.

"몰라요, 난 그냥 그 사람이 달라고 해서 준 죄밖에 없어요! 정말이에요!"

"네? 그게 무슨 말이에요? 똑똑히 얘기해 봐요. 어쨌냐구요, 제 바이올린?"

"그게…… 난 그 친구가 바이올린을 아가씨한테 다시 돌려준다길래…… 하여튼 난 그냥 그 남자한테 2만 원 받은 죄밖에 없어요! 난 죄 없다구요, 죄 없어!"

"글쎄 그 사람이 누군데요? 도대체 누구한테 바이올린을 줬단 말이에요? 자세하게 설명해 봐요, 빨리!"

저는, 술에 취해 횡설수설하는 노숙자의 말을 들으며 눈앞이 캄캄했습니다. 그새 제 바이올린은 노숙자의 손을 떠나, 웬 정체 모를 남자의 손에 넘어가 버렸다는 얘기였던 것이었습니다. 오, 맙소사! 오, 하나님! 저는 노숙자의 말을 들으며 그저 발을 동동 구르고 히스테리컬한 한숨만 푹푹 내쉴 뿐, 달리 아무런 말도 할 수 없었습니다.

이름도 성도 알 수 없는 제3의 인물이 나타나 제 바이올린을 들고 사라졌다는 사실을 안 이후, 저는 그저 하나님께 기도하는 수밖에 없었습니다. 생각해 보세요, 제가 그 상황에서 하나님께 기도할밖에 달리 무엇을 더 할 수 있었겠는지? 저는 어떤 어려움이 닥칠 때마다 매번 그래왔듯이 이번 역시 하나님 아버지를 애타게 찾고, 하나님 아버지께 열심히 매달렸습니다. 제발 하나님 아버지께서 저를 불쌍히 여기고 긍휼히 여기서, 잃어버린 바이올린이 무사히 다시 제 손으로 돌아올 수 있도록 해달라고 말이죠.

제가 할 수 있는 일은 오직 하나님께 기도하고 또 기도할밖에 달리 아무것도 없었지만, 황 검사는 거의 패닉 상태에 빠져 있는 저를 대신해 바이올린을 찾기 위한 수사를 계속했습니다. 방금 잡아 온 노숙자에게 바이올린을 가로채 간 남자의 인상착의며 바이올린을 건네주게 된 정황 같은 것을 샅샅이 캐묻기도 하고, 또 애초 사건이 발생했던 그 지하철역 입구로 가서 주변 상인들을 상대로 탐문을 하기도 하고 말이에요.

하지만 노숙자에게서 제 바이올린을 가로채 간 남자의 행방을 찾는 일은 묘연한 일이었습니다. 그 지하철역 앞은 하루에도 수만 명이 지나다니는 복잡한 장소였고, 변변한 사진 한 장 없이 노숙자가 설명하는 인상착의만으로 그 사내를 찾는 일은 거의 사막에서 바늘을 찾는 일만큼이나 어렵고 막막한 일이었으니까 말이죠.

"제니 씬 일단 호텔로 돌아가서 좀 쉬시죠. 얼굴이 백짓장처럼 하얀 게 이러다간 바이올린을 찾는 것보다 제니 씨가 먼저 어떻게 되겠으니까."

　황 검사의 말을 따라 일단 제가 묵고 있던 호텔로 돌아가기로 했습니다. 그새 시간은 빠르게 흘러 시계는 어느새 오후 3시께를 향해 달려가고 있었고, 그때껏 제가 어디론가 사라져 연락이 안 되자 제가 들고 있던 휴대폰은 저를 찾는 어머니와 매니저, 그리고 이런저런 공연 관계자들의 전화로 배터리가 터져 버릴 지경이었으니까요. 그렇습니다. 그때까지만 해도 저는 어떻게든 바이올린을 찾아 오늘 저녁에 있을 공연에 지장을 주지 않을 생각이었습니다. 하지만 이제 더 이상 바이올린을 잃어버렸다는 사실을 숨기고 어쩌고 할 상황이 아니었습니다. 이젠 1년에 반 이상을 저를 따라다니며 제 뒷바라지를 해주시는 어머니와 매니저에게 바이올린을 잃어버렸다는 사실을 솔직히 알리고, 오늘과 내일, 두 번에 걸쳐 서울의 한 예술극장에서 하기로 되어 있던 공연도 당연히 취소하거나 변경해야 하는 등 여러 가지 뒷수습을 해야 하는 상황이 오고야 말았던 것입니다. 그래야 제가 제 분신과도 같은 바이올린을 잃어버림으로써 향후 일어나게 될 여러 가지 골치 아픈 문제를 조금이나마 덜 골치 아프게 하고 손실 같은 것들을 줄일 수 있을 테니까 말이죠.

예상대로 어머니와 매니저는 바이올린을 잃어버렸다는 제 말에 기절이라도 할 것 같은 표정이었습니다. 하지만 바이올린을 잃어버림으로써 가장 충격받고 애태우는 사람은 저라는 걸 누구보다 잘 알고 있었기에 저를 그렇게 많이 혼내거나 나무라진 않았습니다. 뭐 속이야 저처럼 속이 아니었겠지만 두 분 다 불행 중 다행이라는 식으로 저를 위로해 주더군요. 어쨌든 저는 바이올린을 잃어버리기는 했지만, 바이올린을 강탈한 그 노숙자에게 어떤 신체상의 위해를 입거나 상해를 당하진 않았으니까 말이에요.

어머니와 매니저, 저 이렇게 세 사람은 1시간 정도의 의논과 협의 끝에 오늘 있을 공연을 취소하기로 결정했습니다. 제 연주를 보기 위해 오랫동안 기다려온 팬들에겐 대단히 죄송하지만, 여러 가지 상황-바이올린을 잃어버린 것이나 불안하고 초조한 제 심리 상태-을 고려할 때 아무래도 오늘 제가 여러 청중 앞에 서기는 좀 힘들 수밖에 없을 것 같았기 때문이었습니다.

그때였습니다. 매니저와 함께 오늘 있을 공연 관계자들에게 부득이한 사정으로 공연을 취소할 수밖에 없음을 열심히 알리고 사과하고 있는데, 글쎄 제가 들고 있던 휴대폰으로 한 통의 괴전화가 때르르 걸려왔던 것이었습니다.

"아, 제니 씨? 다른 게 아니고…… 당신의 바이올린은 제가 잘 보관하고 있으니 너무 걱정 마십쇼. 그보다 제가 이렇게 전화를 드린 건……."

바로 그 남자였습니다! 노숙자가 훔쳐 간 바이올린을 중간에서 가로채 갔다는 바로 그 정체불명의 그 남자 말입니다. 노숙자의 말에 의하면 남자는 어떻게 알았는지 자신이 남의 바이올린을 강탈해 갔다는 사실을 훤히 다 알고선, 자신에게서 다시 제 바이올린을 빼앗아 갔다는 것이었습니다. 주인을 찾아준다는 핑계로 동냥하듯 만 원짜리 두 장을 휙 던져주고는 말이죠.

저는 바이올린을 갖고 있다는 남자에게 연신 사정하고 부탁했습니다. 생각 같아선 수화기 너머의 남자에게 온갖 험한 말과 욕을 다 퍼부어주고 싶었지만, 그랬다간 남자가 제게 큰 앙심을 품고 제 바이올린을 어디 파손이라도 하든가 영영 종적을 감추어 버리기라도 하면 정말 큰 낭패일 테니까 말이에요. 하지만 저는 절대 그 남자의 죄를 용서하지 않을 생각이었습니다. 대체 얼마나 돈이 좋고 필요하기에 그런 짓을 하는지 모르겠지만, 우연히 길에서 줍다시피 한 바이올린을 빌미로 저에게 그런 큰돈을 요구하고 협박하는 건 분명 어린아이를 유괴한 유괴범만큼이나 비열하고 야비한 자였으니까 말입니다. 더욱이 전화기 너머의 남자는 자신의 손에 들린 바이올린이 몇 백만 불에 달하는 명품 바이올린이라는 것과 제 존재에 대해서도 훤히 다 알고 있는 것 같았습니다. 제 판단이 틀리지 않다면 그 남자는 분명 클래식에 대한 이해며 소양 같은 걸 어느 정도 갖춘 사람인 것 같았습니다. 또 그 사람이 쓰는 말투나 어휘로 미루어볼 때 어느 정도 배운 게 좀 있는 사람 같고 말이죠. 그래요, 솔직히 그래서 더 화가 많이 났습니다. 괘씸했습니다. 그저 소줏값이나 하려고 바이올린을 강탈한 노숙자와는 달리 그 남자는 분명 제 바이올린의 값어치를 알고 결코 저질러서는 안 될 비겁하고 파렴치한 짓을 저지르고 있는 중이었으니까 말입니다.

"……돈을 준비하려면 약간의 시간이 필요할 테니 딱 하루의 시간을 드리겠습니다! 그리고 미리 경고하는데, 만약 경찰에 알린다던가 다른 이상한 짓 할 생각은 아예 삼가십쇼! 그럼 제가 갖고 있는 이 악기는 영영 다시는 못 보게 될 수도 있으니까. 자 그럼 제가 곧 다시 연락드리겠습니다……."

남자의 전화가 끊긴 후, 저는 곧바로 황 검사의 폰으로 전화했습니다. 바쁜 사람을 불러 괜히 폐를 끼치는 게 아닌가 싶긴 했지만, 황 검사는 그때껏 몇 명의 경찰과 함께 바이올린을 찾아 열심히 뛰어다니고 있을 터였으니까 말이죠.

"뭐라구요? 정말, 그 남자한테서 협박 전화가 왔단 말이죠? 알았어요, 지금 당장 그쪽으로 갈게요."

제가 있는 숙소로 달려온 황 검사는 제일 먼저 제가 가입한 통신사가 어디냐는 것부터 물었습니다. 아마 쓰고 있는 통신사가 한국 것이면 그 통신사로 연락해 이것저것 물어볼 심산인 것 같았습니다. 검사라는 직분을 이용해 남자의 전화번호며 전화를 건 장소 같은 것을 알아볼 수 있지 않을까 하는 기대감에서 말이죠. 하지만 제가 갖고 있는 휴대폰은 미국의 한 통신사에서 개통한 것이었기 때문에 황 검사는 조금 힘이 빠지고 난감한 표정으로 말했습니다.

"아, 그럼 어쩐다? 저, 혹시 그럼 제니 씨……, 아까 그 남자가 뭐 다른 말한 건 없어요? 다시 한번 잘 기억해 보세요. 혹시 통화 중에 그 남자가 어떤 단서가 될 만한 말 같은 걸 하거나 흘린 게 없는지?"

"글쎄요, 워낙 떨리고 경황이 없는 바람에 잘 기억이……."

그때 퍼뜩 머리를 스치고 지나가는 생각이 하나 있었습니다. 아, 참! 그 남자가 바로 그 남자일지도 몰라. 내가 쓰러지기 전 지하철역 앞에서 잠깐 얘기를 나눴던 바로 그 남자! 그랬습니다.

다른 사람이 신고했을 수도 있지만 어쩌면 그 남자가 신고했을 지도 모른다는 생각이 들었습니다. 경황이 없어 처음엔 그런 낌새를 잘 알아챌 수 없었지만, 그러고 보니 아까 그 노숙자가 말했던 남자랑 제가 지하철역 앞에서 잠깐 얘기를 나눴던 남자의 모습이 얼추 조금 비슷한 것도 같았습니다. 그리고 좀 전에 통화한 남자의 음성도 아침에 본 남자의 음성과 조금 비슷한 것 같기도 하고 말이죠. 그래, 어쩌면 정말 그 남자가 바로 그 남자일지도 몰라. 제발 그 남자가 그 남자면 딱 좋겠는데…….

"그래요? 그럼 제니 씨 말대로 진짜 그 남자가 범인일 수도 있 겠네요. 좋아요, 그럼 제가 당장 119로 전화해 남자의 전화번호를 좀 알려주든가 녹취 같은 걸 보내줄 수 있냐고 한번 물어보죠. 원래 그런 걸 알아내려면 좀 더 시간이 걸리고 복잡한 절차를 거쳐야 하지만, 어쩌면 남자의 전화번호 정도는 알려줄 수도 있을 것 같으니까."

황 검사는 119로 연락해, 자신의 신분과 이름부터 밝혔습니다. 그러고는 자신이 119로 전화한 이유와 사정 같은 걸 한동안 설명하더니, 아침에 저를 신고한 사람의 전화번호를 좀 알려줄 수 있냐고 물었습니다. 그리고 그에 덧붙여 수사에 꼭 필요한 일이니 아침에 신고한 남자의 음성 파일도 자신의 휴대폰으로 좀 보내주면 좋겠다고 하며 말이죠. 그러자 전화를 받던 119의 대원이 잠깐 윗선에 보고를 하고 어쩌고 하는 절차를 거치는가 싶더니, 마침내 아침에 저를 119로 신고한 사람의 전화번호를 황 검사에게 알려주었습니다(녹취를 보내주는 건 좀 더 윗선의 결정이 있어야 하는지 일단 전화번호만 가르쳐주었습니다). 물론 황 검사가 알아낸 전화번호의 주인이 제가 찾고 있는 협박범과 동일인이라는 것은 아직 확실치 않았습니다. 하지만 다른 여러 가지 정황과 여자만이 느낄 수 있는 어떤 육감 같은 걸로 유추해 볼 때, 두 사람은 아마도 동일한 인물일 것 같다는 생각이 아주 강하게 들었습니다.

"될 수 있는 한 길게 통화할 테니 잘 들어보세요! 그 사람이 맞는지 아닌지…… 아셨죠?"

황 검사가 119에서 받은 전화번호로 전화를 걸었습니다. 그러고는 잘못 건 전화를 핑계로 문제의 남자랑 얼마간 통화를 했는데(스피커폰 기능을 이용해 제가 남자의 목소리를 잘 들을 수 있게 해주었습니다), 아니나 다를까 휴대폰에서 들려나오는 음성은 제가 아까 받았던 협박범의 목소리랑 거의 똑같이 닮아 있었던 것이었습니다.

"맞아요! 바로 이 목소리였어요! 바로 이 남자이에요!"
"확실해요? 혹시 잘못 들을 수도 있으니까 다시 한번 잘 들어봐요?"

황 검사가 방금 녹음한 남자의 목소리를 다시 한번 들려주었습니다.

"맞다니까요! 틀림없이 이 남자가 바로 아까 그 협박범이에요!"
"오케이! 그럼 이제 범인을 잡는 건 시간 문제에요."

황 검사는 용의자가 가입한 통신사로 연락해 수사 협조를 부탁했습니다. 휴대폰 주인의 이름이라든가 집주소 같은 정보를 알아내는 한편, 인공위성을 통해 현재 용의자가 머물고 있는 곳의 위치 추적을 하기도 하고 말입니다.

협박범의 주소를 안 순간, 저는 닭살이 돋을 만큼 깜짝 놀랐습니다. 세상 참 좁다더니, 새삼 그 말을 실감할 수 있었습니다. 글쎄, 공교롭게도 그 협박범의 주소지가 바로 제가 오늘 새벽에 갔던 이 쪽방촌의 쪽방 중 한 곳이지 대체 뭐겠습니까!

어쨌든, 이제 협박범을 잡는 건 시간문제일 것 같았습니다. 바보가 아닌 이상 제가 이미 경찰에 신고를 했고 또 경찰이 자신의 행방을 쫓고 있을지도 모른다는 의심은 대충 하고 있겠지만, 남자의 휴대폰이 여태 멀쩡히 켜져 있는 걸로 볼 때 남자는 아직 자신의 이름과 휴대폰 번호가 경찰에 노출되었고, 따라서 자신의 등 뒤까지 경찰이 바짝 쫓아와 있다는 것까진 까맣게 모르고 있는 눈치였으니까 말이에요.

마침내 남자가 속한 이동 통신사로부터 남자가 현재 머물고 있는 곳의 위치를 파악했다는 연락이 왔습니다. 이동 통신사의 인공위성은 남자가 현재 자신의 집이 있는 쪽방촌 근처에 있다는 것을 알려주고 있는 것 같았습니다.

"오케이, 딱 걸렸어! 꼼짝 말고 거기서 조금만 기다리라구."

이제 곧 범인을 잡을 수 있다는 생각에 들떠 있는 황 검사를 따라 막 호텔 방을 나서려 할 때였습니다. 그때 다시 한 통의 전화가 제 휴대폰으로 때르르 걸려왔습니다(아까는 이상한 번호가 떠 있었지만, 이번에는 '발신자 제한'표시로 걸려왔습니다). 놀랍게도 아까 전화를 했던 바로 그 협박범의 전화였습니다. 글쎄, 그 협박범이 대체 저에게 무슨 소릴 했는지 아십니까? 바이올린을 돌려주겠다는 얘기였습니다! 물론 돈이나 다른 일체의 요구 조건 없이, 그저 순수하고 선량한 마음으로 말입니다.

그래요, 그랬습니다! 아까까지만 해도 저에게 몇 억의 돈을 요구하던 그가 왜 갑자기 태도를 바꿔 바이올린을 돌려주겠다는 전화를 했는지 모르겠지만, 남자는 분명 저에게 바이올린을 돌려주겠다고 말했습니다. 1시간 정도의 시간을 주면 틀림없이 제가 묵고 있는 호텔로 와서 바이올린을 돌려줄 것이고, 그와 함께 지금까지 자신이 지은 죄를 달게 받고 저에게 가슴 깊이 사죄의 말씀도 드리겠다고 하면서 말이에요.

"뭐래요?"

1, 2분 정도의 짧은 통화가 끝난 뒤, 전화를 끊는 저를 보며 황 검사가 다급히 물었습니다.

"그게…… 바이올린을 돌려주겠다고……."

제가 대답했습니다. 아까 통화했을 때랑 전혀 달라진 협박범 의 태도에 좀 황당하고 어리둥절해져서 말이죠.

"옛? 갑자기 무슨 꿍꿍이래요? 돈을 준비해 놓으라고 할 땐 언 제고…… 근데 뭐 다른 말은 없고요?"
"피치 못할 사정이 있어 그러니 1시간 정도만 시간을 좀 달라고…… 그러면 자신이 직접 바이올린을 들고 와서 모든 잘못을 빌고 자초지종을 다 말씀드리겠다고……."

남자의 전화 때문에 황 검사와 제 사이에는 약간의 실랑이가 있었습니다. 저는 남자의 말대로 1시간 정도를 기다려보자는 쪽이었고, 황 검사는 지금 당장 남자를 잡으러 가야 한다는 쪽이었기 때문이었습니다.

"속는 셈 치고 그냥 기다려보는 건 어때요? 말하는 걸 봐선 진짜 조용히 바이올린을 돌려줄 것처럼 느껴지기도 하던데……."

솔직히 전 남자의 말을 믿고 남자의 부탁대로 조용히 기다려보고 싶었습니다. 왜냐하면 남자의 목소리에는 좀 전에 제게 협박 전화를 한 것에 대한 후회와 반성의 빛이 역력했고, 만약 제게 바이올린을 순순히 돌려줄 의사가 없다면 괜히 쓸데없이 제게 다시 전화를 걸어 용서와 이해를 구하는 말 따위는 하지도 않았을 테니까 말이에요.

"무슨 소리예요? 다른 사람 말도 아니고 어떻게 도둑놈 말을 믿어요? 더군다나 한두푼 하는 우산이나 가방 같은 것도 아니고 …… 제니 씨는 이쪽 세계 사람들을 잘 몰라서 그런데…… 지금 당장 덮쳐야 돼요. 내 생각엔 틀림없이 수사에 어떤 혼선을 주거나 시간을 벌려는 얄팍한 수작 같으니까."

썩 내키진 않았지만 저 역시 황 검사와 마찬가지로 의심이 많고 믿음이 부족한 인간인지라, 저는 황 검사와 함께 남자가 있는 쪽방촌으로 달려갔습니다. 그런데 휴대폰의 위치 추적을 한다고 해서 반드시 휴대폰을 들고 있는 사람의 위치나 소재지 같은 걸 정확히 파악할 수는 없는 모양이었습니다. 제가 통신 전문가가 아니어서 잘 알 수는 없지만, 위치 추적의 기능은 단지 어떤 장소나 어떤 건물의 반경 몇 십미터 안에 있다거나 하는 것 정도만 겨우 알 수 있는 것 같았습니다.

제일 먼저 찾은 곳은 남자가 살고 있는 집이었습니다. 남자는 거의 움막이라고 할 수밖에 없는 쪽방촌의 쪽방에 사는 딱한 처지였는데, 저는 남자가 사는 집 앞에 도착한 순간 남자가 왜 제 바이올린을 중간에서 낚아채 사라졌고, 또 왜 저에게 바이올린을 미끼로 그런 거액의 돈을 요구했는지 조금은 이해할 수 있을 것도 같았습니다. 대체 어쩌다 그런 작고 누추한 쪽방에서 살게 된 건지 모르겠지만, 제가 보았던 그런 열악한 주거 환경에서 살면 누구라도 그런 지긋지긋한 가난에서 벗어나고 싶다는 유혹에서 자유롭지 못할 테니까 말이에요.

하지만 우리는 남자를 금방 찾을 수 없었습니다. 남자의 집은 대문(?)으로 쓰는 낡은 새시문이 반쯤 열려 있는 상태이긴 했지만, 그 집은 아무도 없이 텅 비어 있는 상태였던 것이었습니다.

"아, 어디에 있지? 분명 이 동네 안에 있긴 있는 것 같은데……
하여튼 최 형사님이랑 남 형사님은 저쪽 골목으로 가서 찾아보세요. 저는 박 경장님이랑 이쪽 골목으로 찾아볼 테니까……"

황 검사의 말에 다시 범인을 찾아나서려 할 때였습니다. 마침 그때 여기 쪽방촌의 주민으로 보이는 할아버지 한 분이 시끌벅적하게 소란을 떨고 있는 우리 곁을 지나다가 물었습니다.

"뭐여? 무슨 일인데 이렇게 떼거지로 몰려다니면서 동네를 시끄럽게 하는겨? 뭔 살인 사건이라도 났어?"

"아뇨, 그런 게 아니라 사람을 찾을 일이 좀 있어서……."

황 검사는 대충 얼버무린 뒤, 방금 우리가 나온 집을 가리키며 이 집에서 살고 있는 남자를 아느냐고 물었습니다.

"누구? 아, 김 씨! 근데 그 사람을 왜? 내가 보기엔 그 사람 법 없이도 살 사람 같던데……."

할아버지는 뜻밖에도 교회로 가 보라고 했습니다. 오늘 새벽 제가 예배를 드렸던 바로 이 교회로 말입니다.

"잘은 모르겠는데…… 어쩌면 교회에 있을 거야. 왜냐하면 이 집 꼬맹이가 저기 저 교회에 다니니께……."

"교회요? 저기 보이는 저 교회 말이죠?"

황 검사의 곁에 있던 제가 물었습니다. 할아버지를 따라 멀리, 하늘 높이 걸려 있는 여기 이 교회의 커다란 십자가를 가리키며 말이죠.

"응. 알다시피 오늘이 크리스마스이브잖아? 그래서 여기 쪽방 사람들이 죄다 글루 몰려갔어. 저기 교회 사람들이 쪽방 사람들을 위해 음식도 많이 하고 선물도 많이 나눠준다고 해서 말이야."

할아버지의 귀띔에 우리는 모두 동네 뒤편에 있는 교회로 달려갔습니다. 그리고 우리는 마침내 제 바이올린을 든 채 여기 이 교회 밖으로 황급히 뛰어나오고 있는 문제의 그 남자랑 정면으로 마주칠 수 있게 되었던 것이었습니다.

"맞아요, 저 사람이에요! 바로 저 사람!!"

이미 자신의 죄를 뉘우치고 바이올린을 다시 제게 돌려주기로 한 탓이었을까요? 아니면 벌써 자신의 죄를 알고 자신을 잡으러 온 경찰의 손아귀를 벗어날 수 없다 생각했던 것일까요? 아무튼 우리가 찾고 있던 남자는 그때까지 형사들에게 잡혀 있던 노숙자의 말에 따라 곧 붙잡히고 말았습니다. 노숙자의 외침에 따라 득달같이 달려드는 형사들에게 아무런 저항이나 변명 같은 것도 하나 못한 채, 그저 한 마리 얌전한 양이나 가엾은 토끼처럼 말이죠. 그는 단지 우리가 어떻게 자신이 있는 곳을 이렇게 빨리 찾아 자신을 잡으러 왔는지 좀 놀라는 표정이었고, 자신이 직접 저에게 바이올린을 돌려주지 못하고 이렇게 경찰에 잡혀서 좀 아쉽다는 얼굴로 형사가 내미는 수갑을 순순히 받고 있었던 것이었습니다.

"정말 죄송합니다. 죄송합니다. 처음부터 나쁜 마음을 먹고 그랬던 건 아닌데…… 근데 지금 막 바이올린을 돌려주려고 호텔로 가는 길이었어요. 이건 정말입니다……."

경찰의 손에 끌려 제 앞으로 온 그는 연신 저에게 사과했습니다. 잘못을 빌었습니다. 내가 왜 그런 짓을 했을까? 하는 후회와 반성이 가득한 얼굴로 말이죠. 죄는 미워해도 사람은 미워하지 말라고 했던가요? 저는 그를 직접 보기 전까지만 해도 절대 그를 용서하지 않을 생각이었지만, 막상 경찰에 잡혀 차가운 수갑을 차고 있는 그를 보자 그만 그를 한번 봐주고 싶다는 생각이 들었습니다. 사람을 죽인 살인자에게도 정상참작이라는 게 있고, 죄는 미워해도 사람은 미워하지 말라는 말이 있듯이 저는 어쩐지 그가 좀 안됐다는 생각과 함께 그의 말이 진짜 사실일지도 모른다는 생각이 자꾸 들었던 것이었습니다. 그랬습니다. 대체 무슨 이유로 제게 그런 협박과 공갈을 늘어놓다가 갑자기 바이올린을 그냥 돌려주겠다는 전화를 했는지 모르겠지만, 그는 분명 저에게 바이올린을 다시 돌려주겠다는 의사를 전했고, 그간의 여러 가지 정황이나 남자의 행동 같은 걸로 미루어볼 때 남자의 말은 어느 정도 신빙성이 있고 진실된 것으로 느껴지기도 했으니까요.

"제발 한 번만 용서해 주세요. 한 번만 용서해 주시면…… 앞으론 정말 착하게 열심히 살겠습니다……."

그러나 저는 구태여 황 검사에게 남자를 변호하거나 남자의
선처를 부탁하고 싶은 생각까지는 없었습니다. 좀 안되긴 했지
만, 남자는 어쨌든 오늘 하루 남자를 잡기 위해 발바닥에 불이
나게 뛰어다닌 황 검사와 경찰의 전리품인 셈이었고, 제가 이 사
건의 피해자라고 해서 피의자를 용서해 주라느니 말라느니 하는
것은 아무래도 좀 주제넘은 일 같기도 하고 성급한 일 같기도 했
으니까 말이죠. 아니, 더 솔직히 말하면 남자를 용서하고 말고는
제 관심사가 아니었습니다. 저는 혹시 제 바이올린이 다른 사람
의 손에 가 있는 동안 혹시 다른 물건과 바꿔치기 되거나 어디
흠이라도 난 데가 없나 살펴보느라 남자에게 미처 그런 신경을
쓸 여유조차 없었던 것이었습니다. 다행히 정상이었습니다. 아
직 시간적인 여유가 없어 정확한 확인을 해 볼 순 없었지만, 하
나님이 도우셨는지 바이올린은 어디 한 군데 상한 데 없이 멀쩡
히 제 품으로 다시 잘 돌아온 것 같았습니다.

"용서? 이봐요, 아저씨! 이게 말로 잘못했다고 해서 어디 해결될 일이에요? 당신이 뭘 잘 몰라서 그러나 본데…… 당신이 얼마나 큰 죄를 저질렀는지 알아요? 당신 때문에 여기 계신 이 숙녀분께서 얼마나 놀라고 애를 태웠는지 아느냐 말이에요? 하긴 당신같이 무식하고 파렴치한 사람들이 대체 뭘 알겠습니까만……."

"죄송합니다. 정말 죽을 죄를 지었습니다. 제발 이번 한 번만 용서해 주시면……."

"아, 이 양반 이거 진짜 뻔뻔하구만! 글쎄 그렇게 말로 잘못했다고 해서 간단히 해결될 문제가 아니라니까 자꾸 그러네. 좋아요, 딴 건 그렇다치고 당신 때문에 여기 계신 이 숙녀분이랑 다른 공연 관계자들의 피해가 얼마나 큰지 알아요? 당신의 그 잘난 행동 때문에 오늘 저녁이랑 내일 저녁에 있을 공연은 물론 다른 스케줄들도 다 줄줄이 펑크가 나게 생겼단 말이에요. 아시겠어요?"

"죄송합니다. 제가 짧은 욕심에 그만……."

"하여튼 긴말 필요 없고…… 당신 같은 사람은 감빵 가서 콩밥 좀 먹어봐야 돼, 알아요? 자, 꾸물거리지 말고 빨리 차에 타요.

할 말 있음 경찰서에 가서 마저 하고. 어이, 최 형사님! 이 사람 이거 빨리 차에 태워요."

"자, 잠깐만요! 잠깐만 제 말 좀 들어주십쇼."

남자가 다시 한번 사정했습니다. 형사에게 지시하는 황 검사의 옷을 간절하게 붙들면서 말이죠. 금방이라도 눈물을 뚝뚝 흘릴 것 같은 표정이 남자에게는 아무래도 경찰서에 끌려가지 말아야 할 무슨 애절한 사연이 있거나 절박한 사정이 있는 것 같아 보였습니다.

"죄송한 부탁이지만…… 그럼 제게 두 시간 정도의 시간만 좀 주시면 안 되겠습니까? 그렇게만 해주신다면 그 다음은 정말 선생님 말씀대로 어떤 벌이든 달게 받겠습니다……."

그러면서 남자는 저와 황 검사에게 자신의 딱한 사정을 짧게 설명해주었습니다. 어쩌면 경찰서로 끌려간다는 사실에 거짓말하는 것일 수도 있지만, 남자의 말이 사실이라면 남자의 사정은 정말 딱한 것이었습니다. 우리는 어쨌든 남자의 말을 통해 남자가 현재 일곱 살 난 아들과 단둘이 살고 있다는 것, 그리고 남자의 아들이 몸이 불편한 장애아라는 것을 알 수 있었습니다. 그리고 또한 오늘이 바로 그 장애를 가진 아들의 생일날이며, 그 아들이 지금 이 교회 안에서 크리스마스 행사를 하고 있다는 것들을 말입니다. 결론적으로 남자의 말인즉, 교회의 크리스마스 행사가 끝난 뒤 아들 녀석과 간단한 생일 파티를 하기로 했으니 그때까지만 제발 자신에게 시간을 좀 달라는 얘기였던 것이었습니다.

"……제가 이렇게 끌려가 버리면 아들 녀석과 한동안 헤어져 있을 수밖에 없을 텐데…… 그렇게 되면 정말 애가 많이 실망할 겁니다. 아니, 생일 파티도 파티지만…… 애가 무척 놀라고 상처받을 것 같아서……."

"참 나, 무슨 〈수사반장〉 찍는 것도 아니고…… 신파가 따로 없구만, 신파가 따로 없어! 그러니까 뭡니까? 애가 아빠의 부재를 잘 받아들일 수 있게 설명도 해야 하고 달래기도 해야 하니까

…… 그런 시간을 좀 달라?"

"네, 염치없는 말인 줄 알지만…… 제발 좀 부탁드리겠습니다! 하늘에 걸고 맹세하는데 절대 도망을 친다든가 다른 꾀를 부린다든가 하는 짓은 하지 않겠습니다."

"그러게 왜 죄를 지어요? 생긴 것도 멀쩡하고 사지육신 멀쩡한 사람이 열심히 일해서 돈 벌 생각은 안 하고 말이지……."

매일 남자와 같은 범죄자를 상대해서 그런 걸까요? 남자의 말에 딱한 표정으로 남자의 청을 들어줬으면 하는 저와 달리 황 검사는 눈썹 하나 까딱 않고 남자의 청을 거절했습니다.

"자, 자! 긴말 필요 없고 빨리 차에 타요. 당신 사정이야 어떻든 그건 우리 알 바 아니고…… 일단 입 다물고 조용히 갑시다. 우린 당신같이 파렴치한 범죄자를 붙잡고 벌 주는 사람이지 하소연 들어주는 사람이 아니니까."

황 검사는 끝내 남자의 부탁을 외면했고, 남자는 결국 형사들의 우악스러운 손에 끌려 경찰차에 꾸깃꾸깃 실릴 수밖에 없었습니다.

"자, 이제 그만 출발하죠. 형사님들이 먼저 피의자들 데리고 앞장서세요. 저는 여기 이 숙녀 분이랑 제 차로 뒤따라 갈 테니까."

모든 것을 포기한 듯 괴로운 표정을 짓고 있는 남자를 보며 저는 왠지 가슴이 짠한 게 눈물이 날 것 같았습니다. 그랬습니다. 저는 왠지 모르게 코끝이 찡한 게 남자의 부탁을 거절하면 나중에라도 큰 후회를 할 것만 같은 기분이 들었습니다. 어쩌면 우리의 동정을 사려고 꾸며낸 이야기일지도 모르겠지만, 만약 남자의 말이 사실이라면 남자의 아이는 갑자기 경찰서로 끌려가 버린 아빠 때문에 너무도 슬프고 우울한 생일과 크리스마스를 맞을 수밖에 없을 테니까 말이죠.

그랬습니다. 괜한 동정에 주제넘은 오지랖일 수도 있지만, 저는 남자에게 좀 더 정확하고 구체적인 얘기를 들어보고 싶었습니다. 그리고 만약 남자의 말이 거짓말이 아니고 남자가 진짜 그런 딱한 사정과 안쓰러운 상황에 처해 있다면, 황 검사에게 무슨 설득을 하고 어떤 떼를 써서라도 남자의 부탁을 들어주고 싶다는 생각이 들었던 것이었습니다.

"스톱! 자, 잠깐! 잠깐만요!"

저는 후진으로 슬금슬금 교회를 빠져나가는 경찰차를 가로막고 소리쳤습니다. 그러고는 오늘 아침 지하철역에서 만난 노숙자와 남자가 실려 있는 승합차(〈형사기동대〉라는 글씨가 쓰여진 차였습니다)안으로 몸을 구겨 넣으며 말했습니다.

"잠깐만요. 저랑 잠깐만 얘기 좀 해요."
"?"

절망에 찬 얼굴로 한숨을 짓고 있던 남자가 어리둥절한 눈으로 저를 쳐다보더군요.

"저어…… 궁금한 게 몇 가지 있는데…… 물어봐도 되겠어요?"

"……?"

"음……. 먼저 이것부터 물어볼게요. 갑자기 왜 마음을 바꾸셨어요? 처음에는 돈을 요구하더니…… 왜 나중엔……."

"그건……."

잠시 망설이던 남자가 떠듬떠듬 얘기하기 시작했습니다. 오늘 아침 저를 봤을 때부터 그때까지 있었던 여러 가지 사건과 마음의 갈등 같은 것을 말이죠. 저는 남자가 하는 말을 들으며 뭐라 표현하기 힘든 감동과 전율 같은 것을 느꼈습니다. 남자와 저의 만남은, 다시 말해 오늘 우리 두 사람 사이에 있었던 여러 가지 사건과 우여곡절 같은 것들은 모두 다 하나님이 우리를 위해 미리 준비하시고 계획하신 것만 같은 일들의 연속이었던 것이었습니다.

남자의 얘기가 다 끝난 뒤, 저는 하나님의 놀라운 은혜와 사랑 앞에 뜨거운 눈물을 흘렸습니다. 그리고 사랑하는 우리 주 예수께서 우리의 모든 죄를 용서하셨듯, 저 또한 자신의 죄를 깨닫고

탕자처럼 다시 아버지(하나님)께 돌아온 남자를 기꺼이 용서하기
로 마음먹었던 것이었습니다…….

2부.

요한이 아빠의 이야기

……다행히 그렇지 않은 사람도 있겠지만, 웬만한 사람은 누구나 다 한 번씩 죽고 싶다는 생각을 해 본 적이 있을 겁니다. 그렇습니다, 제게는 오늘이 꼭 그런 날 가운데 하나였습니다. 어릴 때부터 이런저런 고통과 굴곡이 많은 삶을 살아온 터라 힘들고 지칠 때마다 간간이 그런 생각을 하긴 했지만, 오늘 아침엔 정말 '꼭 이렇게까지 계속 살아야 하나?' 싶은 생각과 함께 '아, 이제 정말 모든 걸 다 때려치우고 삶을 그만 끝내고 싶다!'라는 생각으로 저는 심히 많이 괴로웠습니다.

요 무렵 항상 그랬던 것처럼 저는 오늘 새벽 5시쯤 일어나, 집 근처에 있는 인력 사무소로 일을 하러 나갔습니다. 크리스마스이브인 데다 하나밖에 없는 아들 녀석의 생일날이기도 해서 하루쯤 쉬며 아들 녀석과 함께 시간을 보내고 싶은 생각도 없지 않았습니다만, 시도 때도 없이 전화를 걸어와서 빚 독촉을 하는 사채업자에다 한 달을 꼬박 일을 하러 가도 열흘 남짓밖에 일거리를 찾지 못하는 요즘의 불경기를 생각하면 하루도 쉴 형편이 못 되었던 것입니다.

하지만 결론적으로 말해, 저는 오늘 하루를 완전히 공쳐야 하는 신세가 되고 말았습니다. 공사 현장이 많지 않은 겨울철엔 흔하디흔하게 벌어지는 일이지만, 일거리를 찾는 사람들에 비해 일을 할 곳이 너무 적었기 때문에 말입니다. 신문이나 방송 같은 데서 어쩌면 IMF를 능가할 만큼 힘든 시기가 될 것이라고 경고하더니만, 정말 경기가 안 좋긴 안 좋은 모양이더군요. 크리스마스이브날이라 평소보다 인력 사무소를 찾는 사람들이 훨씬 적을 줄 알고 있었는데 웬걸, 제가 찾아간 인력 사무소엔 다른 날보다 훨씬 많은 사람이 벌써 일거리를 찾아 진을 치고 있거나 꾸역꾸역 몰려들고 있었던 것입니다. 그랬습니다. 평소보다 훨씬 많은 사람들이 일거리를 찾아 북적대고 있었는데, 제일 앞서 온

열 명 정도만이 겨우 일거리를 찾아 공사 현장이나 비닐하우스 같은 데로 떠날 수 있을 뿐이었습니다.

"젠장, 이 짓도 이젠 못해먹겠군! 어떻게 된 게 이젠 노가다 하루 나가는 것도 이렇게 힘들어?"

"그러게 말야, 새벽 5시에 나와도 일거리를 못 구하면 대체 어떡하란 얘기야? 내일부턴 아에 여기 사무실 앞에 텐트라도 치고 잠을 자든지 해야지, 이거야 원."

"하여튼 외국 놈들 때문에 우리 밥줄까지 다 끊어진다니까! 조선족 애들이야 우리 동포니까 어떻게 참아준다 쳐도 요샌 어디서 왔는지도 모를 동남아 애들까지 설쳐대는 통에 개들하고까지 밥그릇 싸움을 해야 하니……"

일을 찾지 못한 사람들이 하는 푸념을 들으며 씁쓸히 인력 사무소를 나서는데, 갑자기 뒤에서 홍 씨가 저를 부르더군요.

"어이, 김 형, 잠깐! 잠깐만요!"

"?"

저는 평소 앓고 있는 공황장애와 대인기피증 때문에 사람들에게 곁을 잘 주지 않고 다른 사람들과 좀 서먹서먹하게 지내는 형편입니다. 하지만 저랑 같은 나이에 같은 현장에 투입돼 자주 같이 일을 했기 때문에 그나마 홍 씨와는 조금 친하게 지내고 있는 처지였습니다.

"그냥 이렇게 집에 들어갈 거예요? 씨팔, 일도 안 되고 속도 허하고…… 안 바쁘면 같이 요 앞에 있는 '할매집'에서 뜨뜻한 라면이나 한 그릇 합시다. 소주도 한잔 때리고. 아, 물론 돈은 내가 낼 테니까 돈 걱정은 말고."

아직 날도 밝지 않은 이른 아침이었지만 인력 사무소 앞의 선술집은 우리처럼 오늘 일을 공친 사람들로 벌써 만원이었습니다.

"할매, 여기 라면 두 개랑 소주 한 병 줘요! 그리고 오뎅 있으면 오뎅도 몇 개 주고. 라면 나오기 전에 우선 그걸로 소주부터 한잔해야겠으니까."

우리 또래의 많은 남자 가장들이 그렇듯이 홍 씨도 어지간히 힘든 일이 많은 듯했습니다. 소주가 몇 잔 들어가기 바쁘게 세상에 대한 원망과 불평 같은 걸 주절주절 늘어놓기 시작했던 걸 보면 말이지요.

"쌍노무 새끼들! 도대체 위에서 정치를 어떻게 하는 거냔 말이야, 정치를! 어이, 김 형 안 그래요? 난 또 이번에 정권 바뀌면 전보다 살이가 좀 나아질 줄 알았거든? 그런데 이게 웬걸, 오히려 내가 찍은 대통령이 오히려 내가 욕한 대통령보다 훨씬 더 정치를 못하고 나라 살림을 못사는 것 같으니…… 하여튼 없는 게 죄지 다른 사람들 욕할 게 뭐 있어요? 솔직히 불경기니 금융 위기니 해도 있는 놈들은 걱정할 게 뭐 있어요? 우리같이 하루 벌어 하루 먹고 사는 서민들만 죽어나는 거지…… 안 그래요?"
"앞으로 차차 좋아지겠죠. 그래도 정부가 하는 일 믿어봐야지,

뭐 어쩌겠어요?"

"쳇, 꿈도 꾸지 마쇼. 나아지긴 뭐가 나아져? 차라리 우리집 똥
개를 믿으면 믿지 난 이제 정치하는 놈들 말 안 믿어요. 다 그놈
이 그놈이지 무슨…… 근데 정말 한잔 안 할 거예요?"

"아뇨, 전……."

"에이, 그러지 말고 김 형도 딱 한 잔만 해요. 아무리 술 끊었
다고 해도 그렇지 옛날에는 그렇게 마셔댔다면서…… 자, 한 잔
만 해요. 날도 춥고 애들 말로 기분도 꿀꿀하고 한데……."

"아뇨, 전 몸이 좀 안 좋아서…… 대신 제가 한 잔 따라 드릴
게요."

애써 손사래를 치고 사양하긴 했지만, 솔직히 이래저래 힘든
일도 많고 스트레스 받는 일도 많고 해서 한잔하고 싶은 생각이
굴뚝 같더군요. 하지만 요한이 생각을 하면 술을 마실 수가 없
었습니다. 지난 몇 년 동안 술독에 빠져 살다시피 했던 제가 다
시 술을 입에 대기 시작하면, 다시 한번 시작해 보려고 발버둥쳐
온 지난 1년간의 노력과 모든 고생 같은 것들이 다 수포로 돌아

갈 게 뻔했으니까 말입니다. 이제 겨우 일곱 살 난 요한이 에겐 딱 두 가지 소원이 있었는데, 첫 번째는 바로 제가 자신이 다니는 교회에 같이 다니는 것이었고, 두 번째는 제가 두 번 다시는 술을 입에 대지 않는 거였던 것입니다.

"근데, 김 형은 진짜 전에 무슨 일 했어요? 우리가 하루 이틀 본 사이도 아니고…… 이젠 슬슬 털어놓을 때도 됐잖아요? 내가 아무리 봐도 김 형이 이런 데서 이런 일 할 사람 같지는 않아 보이는데……."
"……."

저는 그냥 쓰게 웃었습니다. 어떻게든 다시 한번 살아보겠다는 결심으로 1년 전부터 인력 사무소서 품을 팔고 있긴 하지만, 어쩌다 이런 인력 시장에서 인력을 팔 정도로 제 삶이 망가지고 피폐해졌는지는 스스로도 잘 납득이 가지 않고 이해가 되지 않는 형편이었으니까요.

"하기야, 요샌 다들 경기가 워낙 안 좋아서…… 예전에 잘나가던 사람 중에서도 하루아침에 쪽박 차고 거지가 된 사람들 수두룩하더라구요. 도저히 이런 데 있을 사람이 아닌데 싶은 사람 중에서도 지하철역 같은 데서 노숙을 하는 사람도 많고……."

라면을 먹고 홍 씨와 함께 선술집을 나오자 희미하게 날이 밝아오더군요. 마음이 헛헛하고 울적해서였을까요? 아니면 오늘따라 유난히 날씨가 더 추운 탓이었을까요? 이 며칠 계속 추웠지만 오늘 아침 따라 바람이 쌩쌩 부는 게 여간 춥고 매서운 날씨가 아니었습니다.

"에이 쌍! 요 며칠 계속 춥긴 했지만, 오늘따라 더럽게 더 춥네. 오늘 영하 몇 도래요?"
"글쎄요, 그건 저도 잘……."
"근데 김 형은 정말 곧바로 집으로 들어갈 거예요? 집에 들어가봤자 할 일도 없을 텐데 웬만하면 나랑 같이 한잔 더 합시다, 예?"

"아뇨, 전 볼일이 좀 있어서……."

"그래요? 자, 그럼 내일 봅시다. 난 아무래도 어디 가서 한잔 더 하고 들어가야겠으니까. 젠장, 그나저나 어디 가서 한 10만 원 정도라도 빌려야 할 텐데 어디 가서 빌린다? 그래도 명색이 가장이라고 이런 크리스마스이브에 빈손-애들 먹게 통닭이라도 두어 마리 튀겨 가야 되지 않겠어요?-으로 집에 들어갈 수도 없고…… 안 그래요?"

"예, 뭐……."

저는 씁쓸한 미소를 지으며, 가벼운 목례와 함께 홍 씨와 헤어졌습니다. 그러고는 이런저런 걱정과 상념에 젖어 집 쪽으로 천천히 걸어가는데, 갑자기 주머니에 있던 휴대폰이 요란한 소리를 내며 울리더군요. 저는 잠시 휴대폰에 뜬 발신자의 이름을 보며 받을까 말까 하다가, 마침내 커다란 한숨을 쉬며 휴대폰의 통화 버튼을 눌렀습니다.

"어이, 김 사장! 나예요, 장안동 이."

전화를 걸어온 사람은 한 달에 몇 번씩 불쑥불쑥 전화를 걸어오는 사채업자 중의 한 명이었습니다. 저는 지금으로부터 한 6년 전, 제가 잘 모르던 분야의 무리한 사업과 믿었던 친구의 배신으로 감당할 수 없을 만큼의 큰 부도를 맞았습니다. 그래서 대단히 부끄럽고 수치스러운 기분이 듭니다만, 꼭 2년 동안의 감옥살이와 법원에 파산 신청을 해야만 했습니다. 갖고 있던 주식이며 부동산을 다 팔아 웬만큼 변제하긴 했지만, 아직 갚지 못한 은행 빚이며 사채가 수십 억에 이를 만큼 많이 남아있던 상태였으니까 말입니다. 다행히 법원으로부터 파산 면책권을 받았기 때문에 이제 은행 빚이야 다 갚고 청산한 셈이지만, 아직 저에겐 해결하지 못한 사채 빚이 약간 남아 있었습니다. 확실히 사채업자의 사채 빚은 은행 빚처럼 그렇게 쉽게 청산하고 함부로 떼어먹을 수 있는 것이 아니더군요. 그들은 제가 알코올 중독에 빠져 폐인처럼 생활하고 거지처럼 살 때는 아무 연락을 해오지 않았지만(하긴 연락하려야 연락할 수도 없었을 겁니다. 2년 동안의 감옥살이 후 집도 절도 없이 떠돌아다니는 떠돌이 생활에, 노숙자 같은 생활을 하고 있었으니까요), 제가 드디어 술을 끊고 정상적인 생활을 시작하자 어떻게 귀신처럼 제 주소와 전화번호를 알아내 매달 몇 번씩 예전의 묵은 사채 빚을 조르고 강요하기 시작했던 것이었습니다.

"예. 근데 이런 이른 시각부터 웬일로……."

"몰라서 물어요? 그건 나보다 당신이 더 잘 알 것 같은데……."

"미안합니다. 어떻게든 약속을 지키려고 했는데……."

"그럼 전화라도 해야지? 내 기억으론 분명 어제가 나랑 약속했던 날짜 같은데……."

"죄송합니다. 그러려고 했는데 제가 사장님 뵐 면목이 없어서…… 아무튼 이번 말일까지는 어떻게든 조금이라도 갚을 테니까……."

"하 참, 야 이 양반아! 당신도 양심이 좀 있어 봐요, 양심이? 내가 여태 그만큼 당신 사정 봐주고 편의 봐줬음 됐지…… 누군 뭐 흙 파서 장사하는 줄 알아요? 농담이 아니라 나도 지금 곧 부도가 날 판이라구요, 부도가 날 판! 아시겠어요, 내 말?"

"죄송합니다. 며칠만 기다려주시면…… 사장님도 제 사정 아시지 않습니까? 한 달 내내 뼈 빠지게 일해도 입에 풀칠하기도 빠듯하다는 거……."

"아 됐어요, 됐어! 내가 당신 넋두리 들어주는 사람도 아니고 …… 당신 말대로 딱 일주일 더 드릴 테니까 이번 말일까지는 어떻게든 돈 만들어서 넣어요. 솔직히 그동안 당신 편의 봐 드릴 만큼 봐 드렸잖아? 한꺼번에 다 갚으라는 것도 아니고 조금씩 나눠서 갚으라는 건데…… 그래도 최소한의 성의는 보여야 될 것 아냐, 안 그래요?"

"죄송합니다. 이번엔 꼭……."

"좋아요. 그럼 마지막으로 한 번 더 믿어볼 테니까 약속 꼭 지켜요. 자꾸 좋은 사람 나쁘게 만들지 말고, 오케이?"

식전 댓바람부터 그런 전화를 받고 나니 안 그래도 우울하던 마음이 한결 더 우울하고 서글퍼졌습니다. 어쩌다 내가 이 꼴이 됐을까? 내가 꼭 이런 더럽고 추잡한 세상에서, 이렇게 아등바등 살 필요가 있을까? 새삼 제 처지가 비관되고 서글퍼져 그만 딱 죽고 싶다, 라는 자살 충동이 들었습니다.

그랬습니다. 사실 저는 지난 몇 년간 줄곧 자살 충동에 시달리고 있었습니다. 믿었던 사람들에 대한 배신감과 서운함, 그리고 쉽게 나아질 기미가 보이지 않는 팍팍한 생활고와 미래에 대한 두려움…… 등등의 일들로 저의 심신은 이미 지칠 대로 지치고 피폐해질 대로 피폐해져 있었던 것이었습니다.

물론 저에게는 자살의 유혹뿐 아니라, 자살의 유혹만큼이나 강한 삶의 의지도 있었습니다. 그런 의지조차 없었다면 그래도 한때 촉망받던 청년 기업가에 벤처 사업가였던 제가 그런 꼭두새벽에 하루 7~8만 원 정도의 일당을 벌기 위해 새벽 인력 시장을 기웃거리지는 않았을 테니 말입니다. '넌 잘 할 수 있어!', '넌 재기할 수 있어!', '조금만 참고 견디면 좋은 날이 올 거야!' 예고 없이 불쑥불쑥 찾아오는 자살 충동에서 벗어나기 위해 저는 애써 제 자신에게 뇌까리고 자기 최면 같은 것을 걸며 하루하루 힘든 일상을 버티고 있었습니다. 하지만 좀체 나아질 기미가 보이지 않는 힘든 생활고와 암울한 미래를 생각하면 어느새 저에겐 '모든 걸 다 끝내고 그만 죽고 싶다!'라는 생각이 문득문득 고개를 드는 것이었습니다.

사실 저는 지금도 잘 납득이 가지 않고 실감이 나지 않습니다.

한때 한국의 빌 게이츠나 손정의를 꿈꾸었을 만큼 자신만만하고 의욕에 넘쳤던 청년 기업가에 벤처 사업가였던 제가 어쩌다 자살 따위를 꿈꾸는 나약한 패배자에 수중에 돈 한 푼 없는 가난뱅이가 돼버렸는지 말입니다. 그렇습니다. 지금은 거의 거지나 다름없는 밑바닥 생활을 하고 있습니다만, 저는 한 7~8년 전까지만 해도 제법 잘나가던 청년 기업가에 벤처 사업가였습니다. 빌 게이츠나 손정의 정도는 아니지만, 어쨌든 저는 장가를 가기 전인 청년 시절부터 신문이나 여러 잡지에도 소개될 만큼 컴퓨터 관련 프로그램 회사의 어엿한 대표이사였습니다.

그랬습니다. 그 무렵 저를 아는 사람들은 다들 저의 삶을 부러워하고 동경했었습니다. 저는 소위 말해 일과 사랑, 이 두 가지 것을 모두 성공하고 사로잡은 행복한 사나이였으니까 말입니다. 한마디로 성공한 인생이었습니다. 어릴 적 꿈꾸었던 대로 제 또래 일반인들에 비해 엄청난 부를 소유한 부자가 되어 있었고, 유년기를 거쳐 사춘기 시절 내내 혼자 짝사랑하며 애태우던 첫사랑의 소녀를 아내로 맞이할 수 있는 행운을 누리기까지 했으니까 말입니다. 아아, 그때를 생각하니 저에게도 한때나마 그렇게 찬란하고 행복한 시절이 있었다는 게 잘 실감이 나지 않는군요.

제가 오늘 겪게 된 여러 가지 시험과 하나님의 놀라운 은혜에 대해 더 말씀드리기 전에, 여기서 잠깐 제 아내와 제 성장 과정에 대해 들려드려야 될 것 같습니다. 그래야만 제가 왜 그렇게 오랫동안 하나님을 부정하고, 하나님을 떠나 살게 되었는지 여러분들에게 좀 더 상세하고 알기 쉽게 잘 설명드릴 수 있을 것 같으니까 말입니다.

지금은 결코 다시는 보고 싶지 않은 여자에 원망스러운 존재가 되고 말았지만, 제 아내는 어린 시절 내내 저에게 별과 같은 존재였습니다. 제가 감히 바라볼 수 없고 범접할 수 없는, 그런 고귀하고 지체 높은 존재 말입니다. 그랬습니다. 당시 아내의 아버지는 제가 살던 교회의 목사님-교인들의 사랑과 존경을 한몸에 받는-이었던 반면, 제 부모님은 겨우 교회-아내의 아버지가 직접 세우고 개척한-한켠의 작은 오두막에 얹혀살던 교회의 사찰집사(말이 좋아 사찰집사였지, 부모님은 교회 종을 치는 종치기이자 온갖 허드렛일을 하며 약간의 급료를 받는 교회에 딸린 머슴과 다름없었습니다)에 불과했으니까 말입니다.

가난하고 못 배운 부모 밑에서 성장한 아이들이 대개 그렇듯, 어린 시절 저에게는 참으로 많은 콤플렉스가 있었습니다. 가난하고 못 배운 거야 그렇다 쳐도 제 부모님이 두 분 다 몸이 성치 않은 장애인이었기 때문이었습니다. 아버지는 노틀담의 성당에서 종을 치던 곱추처럼 등이 구부러진 곱추였고, 어머니는 지능이 모자라거나 혼자 거동을 못할 만큼 중한 뇌성마비 장애인은 아니었지만, 그래도 몸을 움직이거나 말을 할 때마다 몸을 좀 흉하게 뒤트는 뇌성마비 장애인이었던 것이었습니다.

날 때부터 장애인이었던 제 부모님에 대한 하나님의 은총이었을까요? 초등학교도 제대로 졸업하지 못한 학력과 불쌍함을 넘어 혐오감마저 드는 부모님의 보잘것없는 외모와 달리, 저는 어려서부터 제법 명석한 두뇌와 준수한 외모를 가지고 있었습니다. 그 시절 웬만큼 사는 집 애들은 다하던 과외 한 번 한 적 없고 교과서 외엔 변변한 수련장 한 권 산 적 없었지만 저는 초등학생 시절부터 반에서 항상 1~2등을 다툴 만큼 공부를 잘했습니다. 구부러지고 뒤틀려 볼썽사나운 외모를 가진 부모님들과 달리 저는 제법 훤칠한 키에 반듯한 외모를 가지고 있었습니다.

가난하고 보잘것없는 부모를 둔 탓에 그 흔한 학급 반장 한번 못 했습니다만, 그래도 저는 몇몇 여학생들로부터 좋아한다거나 사귀고 싶다는 식의 사랑 고백 같은 것을 몇 번 받은 적도 있는 몸이었으니까 말입니다.

하지만 아내에 비하면 저는 정말이지 아무런 존재감도, 인기도 없는 하잘것없는 존재에 지나지 않았습니다. 사람들로부터 존경받는 아버지의 직업도(제가 살던 교회는 서울의 대형 교회와는 비교할 수 없지만, 그래도 지방 소도시에 있는 교회치고는 꽤 큰 규모를 가진 교회였습니다) 그녀에 대한 환상을 키우는 데 일조를 했겠지만, 그것은 너무도 아름답고 출중한 그녀의 외모 때문이었습니다. 세월의 흐름과 세상의 더러운 때로 이제 그 색이 많이 바래긴 했지만, 소녀 시절의 그녀는 정말이지 하늘에서 내려온 천사나 다름없었습니다. 우유처럼 희고 뽀얀 피부와 크고 맑은 눈, 그리고 마늘쪽처럼 반듯하고 상큼한 콧날과 작고 귀여운 입……. 다른 도시에서는 어쨌는지 몰라도 제가 살던 지방 소도시에서는 그녀의 인기가 당시 한창 명성을 떨치던 브룩 쉴즈나 소피 마르소를 능가할 정도였습니다. 그녀가 다니는 학교 앞과 우리 교회 앞은 학창 시절 내내 그녀를 추앙하는 녀석들로 아주 북새통이었으니까 말입니다.

그러나 참으로 알 수 없는 게 우리네 인생이고 세상사더군요? 매사 자신감이 넘치고 사람들의 이목을 집중시켰던 아내와 달리, 저는 초등학교 때부터 고등학교를 졸업할 때까지 내내 말수가 적고 침울한 성격을 가진 학생이었습니다. 성치 못한 몸과 변변치 못한 직업을 가진 제 부모님 탓에 제 자신에 대한 자신감이랄까 자존감 같은 것도 별로 없는 음울한 학생 말이지요. 하지만 제가 다니던 고향의 고등학교를 졸업하고 서울에 있는 대학으로 진학하게 된 후부터 제 성격은 어느새 많이 밝아지고 활발한 쪽으로 바뀌기 시작했습니다. 또한 전에 없던 자신감과 자존감 같은 것도 제 안에서 많이 생겨나고 회복되고 말이지요. 확실히 사람은 자신이 처한 상황과 사회적인 신분 같은 것에 따라 그 성격이며 모양 같은 게 많이 바뀌고 변하나 보았습니다. 그게 꼭 제가 들어간 대학의 우수함과 생활 환경 같은 게 바뀌었기 때문이라고 말할 순 없겠지만, 어쨌든 저는 우리나라에서 제일 머리가 좋다는 수재들만 모인다는 대학교의 어엿한 공과(컴퓨터 관련

학과였습니다) 대학생이었고, 아울러 제 아버지가 누구고 제 어머니가 누구라는 것을 다 알던 고향에서와는 달리 여기 서울에서는 그런 천한(적확한 표현은 아니나, 달리 떠오르는 말이 잘 없군요!) 제 신분과 불우한 성장 배경에 대해서 전혀 아는 사람이 없었으니까 말입니다.

아무튼, 저는 정신없이 바쁜 대학 생활을 하면서도 가끔씩 아내의 얼굴을 떠올리곤 했습니다. 저는 어린 시절 내내 아내를 밤하늘의 별을 바라보듯 그저 바라볼 수밖에 없는 하찮은 존재였습니다. 마치 알퐁스 도데의 「별」에 나오는 그 순진한 목동처럼 말이지요. 하지만 저에게도 이제 조그만 희망이 생겼습니다. 물론 그녀는 아직 저에게 소설 속에 나오는 주인집 아씨처럼 그저 바라볼 수밖에 없는 존재였지만, 그 옛날에 비하면 제 처지도 그리 비참하거나 절망적이라고만은 할 수 없는 형편이었습니다. 저는 우리나라 사람이라면 누구나 다 알아주는 서울의 S대에서 열심히 공부하고 있는 대학생이었던 반면, 그녀는 지방의 그저 그렇고 그런 음대(아! 미처 빠뜨리고 얘기를 못 했는데, 그녀는 음대 성악과를 나온 어머니 영향으로 어릴 때부터 바이올린과 피아노를 했습니다.

아마 그 무렵 그녀가 더 빛나보였던 이유 중 하나는 그녀가 늘상 들고 다니던 바이올린 때문이었을 겁니다. 지금이야 우리나라도 많이 부유해져서 바이올린을 하는 학생을 흔히 볼 수 있지만, 그때만 해도 제가 살던 지방 소도시에서는 바이올린이 그리 쉽게 볼 수 있는 악기도 아니고 접할 수 있는 악기도 아니었으니까요)에서 바이올린을 전공하는 평범한 음대생에 불과했으니까 말입니다. 뭐 그렇다고 해서 제가 그녀에게 특별히 어떤 우월감을 느꼈다거나 자신감을 가졌다거나 하는 얘기는 아닙니다만, 어쨌든 저는 이제 적어도 그녀에 대해 예전에 가졌던 어떤 열등감이나 경외심 같은 건 많이 사라지고 없었다는 건 저도 잘 부정할 수 없는 사실이었습니다.

세월은 빠르게 흘러 저는 어느덧 다니던 대학을 졸업하게 되었고, 그 후 얼마 지나지 않아 저는 제가 개발한 한 게임 프로그램의 엄청난 성공으로 인해 일약 업계에서 제일 촉망받는 청년 기업가에 벤처 기업가로 성장했습니다. 그래서였을까요? 그리고 마침내 저는……, 저의 그런 급작스러운 성공과 출세로 인해 어릴 적부터 몰래 짝사랑했던 목사님의 무남독녀 외딸을 아내로 맞을 수 있는 행운을 누릴 수 있었던 것입니다.

과연 돈과 명예, 사회적인 성공과 출세라는 것이 좋긴 좋더군요? 다른 분도 아니고 돈이나 세상 부귀영화 앞에 누구보다 초연해야 할 성직자가 그러면 안 되지만, 한때 제 장인 장모였던 목사님과 사모님께서는 평소 제보다는 잿밥에 더 관심이 많으신 분이었습니다. 그래도 한때 제 장인 장모였던 분을 험담하는 것 같아 조금 죄송한 생각이 듭니다만, 한마디로 제 장인 장모였던 분은 예수님의 말씀이나 헌신적인 삶보다는 세상 누구보다 더 돈과 세상의 부귀영화를 좋아하고 사랑하는 분들이었던 것이었습니다. 그 왜 있잖습니까? 평소 교회에 헌금을 많이 하고 교회 재정에 많은 도움을 주는 장로님이나 권사님들에게는 더없이 상냥하고 친절하시지만, 제 부모님처럼 아무 배운 것 없고 가난한 평신도들에겐 은근히 무시하고 눈치를 주는 그런 위선적이고 가식적인 목사 내외분들 말이지요.

목사님 내외분은 제가 고향을 떠나오기 전까지만 해도 제 부모님과 저를 은근히 무시하고 멸시했던 게 사실이었습니다. 물론 두 분 다 성직자라는 직함과 나름대로 교양이라는 걸 갖춘 분들이었기 때문에 무식하게 대놓고 사람을 무시하거나 멸시하지는 않았습니다. 하지만 어릴 적부터 저는 교회 안의 다 쓰러져 가는 작은 오두막에 살면서 그들의 사소한 말투와 눈빛 하나하나에 적지 않은 상처를 받은 게 사실이었습니다. 아무 배운 것 없고 순진한 제 부모님들이야 목사님 내외분을 무슨 예수님 버금가는 훌륭한 인격자로 여겼지만, 행인지 불행인지 저에게는 어렸을 적부터 어떤 게 진실이고 어떤 게 가식이라는 것쯤은 충분히 알아챌 수 있는 지력과 분별력 같은 게 있었으니까 말입니다.

　그런데 제가 나이에 걸맞지 않게 금전적으로나 사회적으로 꽤 훌륭한 성공을 거두고 성과를 내자, 왠지 모르게 영 쌀쌀맞고 고압적으로 느껴지던 그들의 태도가 눈에 띄게 확 달라지기 시작하더군요. 명절이나 휴가를 이용해 제가 어쩌다 고향에 내려갈라치면 목사님 내외분은 저와 저의 부모님을 칙사 대접하듯 환영하고 환대해주었습니다. 교회 안에 있던 그들의 넓은 사택에 저녁 식사 초대를 하기도 하고 또 제 부모님을 위해 이런저런 옷이며 건강 보조 식품 같은 것을 선물하기도 했는데, 물론 그런 것들은 제가 아직 금전적으로나 사회적으로 성공하기 전까지는 전혀 없었던 일이었고 행동들이었습니다.

솔직히 전에 없던 그들의 관심과 환대가 처음엔 무척 부담스럽고 신경 쓰였던 게 사실이었습니다. 하지만 곰곰 생각해 보면 그건 너무도 당연한 일이었습니다. 그즈음 제 부모님은 이미 상당한 부를 이룬 아들 덕분에 더 이상 교회 한켠의 오두막에서 교회 머슴과도 같은 사찰집사 노릇을 할 필요가 없었으니까 말입니다. 저는 그동안 저를 키우느라 고생한 부모님을 위해 교회 근처의 빈 땅을 사서 그곳에 아담한 집을 한 채 지어 드리고 매달 그들이 충분히 쓰고도 남을 만큼의 생활비와 용돈을 꼬박꼬박 보내드렸습니다. 물론 저 역시 아무 보잘것없는 저에게 그런 큰 축복과 영광을 내려주신 하나님의 은혜에 보답하기 위해, 그리고 일생을 다른 사람들의 눈총과 동정을 받고 살아오신 부모님의 기를 펴 드리기 위해 교회의 어느 교인 못지않게 헌금도 많이 하고 말입니다. 그래서 그런지 그들의 얼굴에는 겉으로는 잘 드러나지 않던 묘한 업신여김과 고압적인 태도가 사라지고, 그 대신 꼭 일본 상인들의 그것 같은 상냥한 미소와 친절함 같은 게 담뿍 묻어나더군요. 지금 생각하면 그게 과연 목사님의 진심이었는지조차 약간 의심스럽지만, 아무튼 목사님께선 그 무렵 같은 교회에 다니는 성도들에게 제 부모님과 저를 더없이 훌륭한 부모와 청년으로 칭찬하느라 입에 침이 마를 새가 없었습니다.

아내의 태도 역시 목사님 내외분의 태도와 크게 다르지 않았습니다. 남학생들이 목을 매는 예쁜 소녀들이 으레 그렇듯이 소녀 시절 아내는 말을 붙이기가 겁날 만큼 쌀쌀맞고 차가운 새침떼기였습니다. 세상에 자기 위로는 사람이 없다고 생각하는 안하무인에다 공주병 환자 말이지요. 다른 대다수의 남학생에게 그랬듯이 그녀는 학창 시절 내내 저에게 따뜻한 말 한마디 눈길 한번 주지 않던 도도하고 콧대 높은 소녀였습니다.

그러나 대학 졸업 후, 사회인이 되어 다시 만난 아내는 철없던 소녀 시절과 많이 달라져 있었습니다. 지방의 작은 대학에 다니다 미국으로 바이올린 유학을 떠난 아내는 그 무렵 유학을 마치고 미국에서 돌아와 교회의 사택에 머물고 있었는데, 나이를 먹어서 그런 것인지 아니면 자신의 부모님에게 저의 성공 소식을 들어서 그런 것인지 예전과 달리 저에게 무척 친절하고 따뜻하게 대했습니다. 저는 잘 기억도 나지 않는 옛날 일을 들먹이며 마치 그녀와 제가 둘도 없는 소꿉친구였던 것처럼 스스럼없이 굴더군요. 우리나라 사람보다 훨씬 사교적이고 개방적인 미국 생활을 오래해서인지 그녀는 쌀쌀맞고 도도한 새침떼기였던 소녀 때와 달리 무척이나 활달하고 자유분방한 여인으로 변해 있었던 것이었습니다.

저는 목사님 내외분과 아내의 전과 다른 행동들을 보며, 그들이 저를 미래의 사윗감이나 남편감으로 생각하고 있음을 눈치챌 수 있었습니다. 어릴 적부터 그녀를 동경하고 짝사랑했던 저로서는 대단히 기쁘고 반가운 일임에 틀림없었습니다만, 그렇다고 제가 그렇게 마냥 기뻐하고 반가워해야 할 일은 아니었습니다. 실상 제가 결혼 적령기가 되어 그녀와 결혼할 무렵에는 제 상황과 처지 같은 게 예전의 저와 천양지차로 많이 달라져 있었습니다. 이런 얘기하면 좀 건방지게 들릴지도 모르겠습니다만, 그 무렵 저에겐 여기저기로부터 꽤 많은 혼담이 들어오고 있었습니다. 아내의 집보다 훨씬 더 부유하고 훌륭한 집안에, 어리고 예쁜 양갓집 규수들이 수두룩하게 저에게 호감을 보여왔던 것이었습니다. 그랬습니다. 예전엔 감히 제가 쳐다보지 못할 높은 나무였고 주인집 아씨였을지 몰라도 이제 그녀는 저보다 별로 나을 게 없는, 그저 그렇고 그런 한 사람의 처녀요 결혼 상대자일 뿐이었습니다. 세속적인 잣대로만 보자면, 오히려 제가 더 손해나는 장사라고 할 수 있었습니다. 그녀는-저랑 동갑내기였습니다-이제 결혼 적령기를 약간 넘긴 나이였고, 어느덧 서른을 넘긴 그녀의 외모는-물론 아직 충분히 예쁘고 매력적이었습니다만-이제 대학을 갓 졸업한 20대 중반의 앳되고 싱그러운 처녀들과 비교해 볼 때 결코 그리 나을 것도 없는 형편이었으니까 말입니다.

그러나 결국 저는, 그 많은 여자 중에서 그녀를 선택했습니다. 그녀는 어쨌든 제가 어렸을 때부터 오랫동안 꿈꿔왔던 이상형의 여자라고 할 수 있었고, 어쩌면 그 무렵 제가 그렇게 사회적인 성공을 하고 출세를 하게 된 것도 다 그녀에 대한 동경과 짝사랑 같은 게 좋은 쪽으로 작용한 결과물 같은 것인지도 몰랐으니까 말이지요.

아아! 그리고 5월의 어느 화창한 주일 날, 우리는 서울의 한 교회에서 아주 크고 성대한 결혼식을 올렸습니다. 수없이 많은 하객의 축복과 축하 속에서 말이지요. 그리고 저는 아내와 지중

해의 한 섬으로 열흘간의 신혼여행을 다녀온 뒤, 서울의 한 고급 주택가에서 꿈같은 신혼살림을 살기 시작했습니다. 행복한 날들이었습니다. 비록 사라 장이나 제니 정 같은 세계적인 바이올리니스트는 못 되었습니다만, 아내는 저를 위해 가끔씩 비발디나 멘델스존 같은 유명 작곡가들의 바이올린곡을 연주해주었고, 저는 매일 밤 아내와 함께 달콤한 신혼 생활을 보낼 수 있었으니까 말입니다.

한 가지 걱정이 있다면 우리에겐 아직 아이가 없다는 것이었습니다. 결혼한 지 벌써 2년이 다 되어가건만, 우리에겐 아직 아이가 생기지 않고 있었습니다. 몇 번 임신한 적이 있긴 했지만 아내는 자궁이 약해서 그런지 매번 유산을 해버리고 말았던 것이었습니다. 그러나 아이가 없는 것만 빼면 우리 두 사람의 결혼 생활은 아주 즐겁고 행복한 것이었다고 말할 수 있었습니다.

물론 다른 신혼부부와 마찬가지로 저희 부부라고 해서 매양 사이가 좋지는 않았습니다. 저는 아내에게 몇 가지 불만이 있었습니다. 저를 낳아준 시부모에게 효심이 깊지 못하다는 것과 보통의 알뜰한 가정주부와 달리 낭비벽이 심하고 사치를 많이 한다는 점 때문이었습니다. 하지만 무남독녀 외딸로 어려서부터 귀한 것없이 공주처럼 자라온 아내의 성장 과정을 지켜봐 온 저로서는 어느 정도 예상한 일이었기 때문에 그게 그리 크게 문제될 것은 없었습니다. 그녀의 착하고(?) 예쁜 외모 만큼 시부모님에 대한 마음 씀씀이랑 살림 솜씨도 착하고 예뻤으면 얼마나 좋을까! 하는 바람은 있었지만 말입니다.

이제 딸이 됐든 아들이 됐든 우리 사랑의 결실인 아기만 태어나면 더 바랄 게 없을 것 같았습니다. 어린 시절 목사를 꿈꾸었을 만큼 꽤 열심히 하나님을 믿었던 저는 대학을 다니기 위해 서울로 올라오면서부터 하나님을 잘 믿지 않았습니다. 공부하랴 아르바이트하랴 눈코 뜰 새 없이 바쁘기도 했지만, 어린 시절 교회 사람들로부터 받았던 이런저런 상처와 업신여김 때문에 저는 어느새 하나님과 하나님을 믿는 기독교도들을 불신하고 있었습니다. 물론 그렇다고 해서 제가 완전히 하나님과 교회를 떠났다는 얘기는 아닙니다. 누가 종교가 뭐냐고 물으면 저는 아직도 스스럼없이 기독교라고 대답하고, 일이 바빠서 매주 교회를 나가진 못했지만 그래도 한 달에 한두 번 정도는 교회를 나가곤 하던 몸이었으니까 말입니다.

하지만 인간이란 정말 간사한 동물이더군요? 하는 게 다 술술 잘 풀리고 아쉬운 게 없을 땐 하나님을 찾지 않았지만 제 생활 속에서 뭔가 좀 불만족스럽고 답답한 일이 생기니 결국 하나님을 찾게 되더군요. 저는 아주 오랜만에 하나님께 무릎 꿇고 간절히 기도했습니다. 제발 저에게 저와 아내를 꼭 닮은 아이를 하나 생기게 해달라고 말이지요. 아이만 생기게 해주시면 다시 예전-목회자를 꿈꾸었을 만큼 믿음이 확고했던-의 저로 돌아가 하나님의 신실한 아들이 되겠노라고 서원하며 말입니다.

마침내 저의 간절한 기도가 하늘에 닿았던가 보았습니다. 평소 종잇장처럼 얇고 날씬하던 아내의 배가 어느 날부터인가 조금씩 부풀어오르기 시작했던 것이었습니다. 저는 아내의 그런 배를 보며 다시 한번 감사의 기도를 올렸습니다. 드디어 저를 닮은 제 아이가 생긴다고 생각하자 마치 세상을 다 얻은 것처럼 기쁘고 행복한 기분이 들더군요.

그런데 그건 축복이 아닌 불행의 씨앗이었습니다. 평소 자궁이 약해 잦은 유산을 했던 아내는 결국 출산 예정일보다 두어

달 빠른 여덟 달 만에 아기를 낳았습니다. 마침 그때 저는 사업 관계로 멀리 유럽으로 장기 출장을 가고 집에 없었는데, 크리스마스 전날 아침에 장모님이 전화로 아내의 조산 소식을 알려주더군요. 아내의 조산 소식을 전해 들은 저는 한 달 예정으로 떠난 출장을 앞당겨 보름 만에 부랴부랴 한국으로 돌아왔습니다. 장모님과 아내 모두 출산 과정에서 약간의 문제가 있었으나 그래도 다행히 무사히 출산했으니 하던 일이나 잘 마무리 짓고 들어오라고 했습니다만, 저는 왠지 그들의 목소리에서 좀 어둡고 불안해하는 기색이 들어서 서둘러 한국행 비행기를 타고 서울로 다시 돌아왔던 것이었습니다.

병원으로 와서 인큐베이터 안에 있는 아기를 보자, 저는 장모님과 아내의 전화 목소리가 왜 그렇게 어둡고 불안하게 들렸는지 비로소 알 수 있었습니다. 엄마 배 속에서 열 달을 다 못 채우고 세상에 나온 만큼 미숙한 상태로 태어난 것은 당연한 이치지만, 아이의 상태는 어딘가 보통의 다른 신생아들과 다른 것 같았습니다. 제가 의사가 아니어서 뭐라 딱 꼬집어 얘기할 순 없지만 아이의 상태가 뭔가 좀 이상하고 비정상적으로 느껴졌던 것이었습니다.

저는 놀란 마음에 담당 의사에게 따져 물었습니다. 우리 아기가 다른 아기들과 좀 다르고 이상한 것 같다고 말입니다. 그러자 의사가 좀 난처해하는 표정을 짓더니, 안 됐다는 얼굴로 아이의 상태를 설명해 주더군요. 좀 더 면밀히 검사해 보고 아기의 상태를 지켜봐야 하겠지만 아무래도 댁의 자녀는 선천성 뇌성마비일 확률이 높아 보인다고 말이지요.

아아, 정말이지 그때의 충격과 절망감이라니요! 저는 도저히 믿을 수가 없었습니다. 다른 아이도 아니고 제 아이가 왜요? 왜 하필 신은 저에게만 유독 이런 가혹한 시련을 주신단 말입니까? 장애인 부모 밑에서 자란 것도 모자라 이제 장애인 아들까지 돌봐야 한다니, 대체 이게 무슨 운명의 장난이란 말입니까!

저는 다시 하나님께 무릎 꿇고 기도했습니다. 제발 제 아들 녀석에게 나타난 못된 병이 씻은 듯 사라지게 해달라고 말입니다. 아들 녀석의 병만 치유해 주신다면 앞으로 평생 주를 위해 살겠다고 맹세했습니다. 살아계신 주를 찬양하고 하루하루 감사하며 살아가겠다고 말입니다……. 그리고 믿음이 부족한 성도들이 많이 그러하듯 저는 교만하게도 하나님께 이런 협박(?)까지 덧붙였습니다. 하지만 만약 제 소망을 들어주지 않는다면…… 저는 당신의 존재를 부정하고, 영원히 당신의 품을 떠나 내 멋대로 혼자 방탕하게 살겠노라…… 말이지요.

하지만 하나님은 끝내 제 기도를 들어주지 않았습니다. 성경에 쓰여진 것처럼 하나님께서는 인자하지 못했습니다. 사랑이 많지 않았습니다. 제가 느낀 하나님은 가혹하고, 비정하고, 불공평한 하나님이었습니다. 그것도 다른 사람보다 유독 저에게만 더 가혹하고, 비정하고, 불공평한…….

"시간이 지나면서 차차 호전될 수도 있으니까, 좀 더 인내심을 갖고 경과를 지켜보죠. 열심히 기도하고 포기하지 마십시오. 환자 개인의 의지나 보호자의 정성에 따라, 의학적으로 전혀 소생 불가능하게 보였던 환자가 병을 떨치고 일어나는 경우도 종종 있으니까 말씀이죠."

담당 의사의 말을 위안 삼아 저는 하루에도 몇 번씩 하나님께

기도했습니다. 하지만 안타깝게도 아기는 돌이 지나도록 전혀 나아질 기미가 보이지 않았습니다. 오히려 아이의 병은 날이 갈수록 진행되어 이제 전형적인 뇌성마비 증상을 보이더군요. 아기는 돌이 되도록 걷기는커녕 목도 잘 가누지 못하는 형편이었습니다. 게다가 뇌병변으로 인한 여러 가지 합병증으로 사흘이 멀다 하고 응급실 신세를 져야 했습니다.

생각지도 못한 근심과 우환이 닥치자, 우리 집은 매일같이 아내와 저의 싸움 소리로 시끄러웠습니다. 보통의 엄마들과 달리 모성애가 부족했던 아내는 자기가 낳은 자식을 무슨 벌레 보듯 끔찍해하며 힘들어했고, 그런 아내가 밉고 못마땅해 저는 거의 매일 밤을 술로 허전한 마음을 달랬습니다.

하지만 때리는 시어미보다 말리는 시누이가 더 밉다고, 제게 더 큰 상처를 준 건 아내보다 아내의 부모님들이었습니다. 한때 제 장인 장모였던 분을 욕하는 것 같아 죄송합니다만, 제가 그들에게 느꼈던 섭섭함과 야속함을 무슨 말로 다 표현할 수 있을까요? 요한이(제 부모님께서 지어준 이름입니다)가 태어난 후, 저는 아내와는 물론 아내의 부모님과도 급격하게 사이가 멀어졌습니다.

아내가 장애를 안고 태어난 요한이 때문에 괴로워하고 힘들어 하자(아내는 산후 우울증으로 많이 힘들어했습니다), 장모님 내외분은 저에게 차마 해서는 안 될 말을 했습니다. 애 때문에 다들 많이 힘들고 괴로우니 차라리 곁에 끼고 사는 것보다, 요한이를 어디 멀리 해외로 입양 보내거나 장애 아동을 돌봐주는 시설에 맡기 는 게 어떠냐는 것이었습니다.

"자네는 그냥 모른 척하고 가만히 있으면 돼. 뒷일은 우리가 다 알아서 처리할 테니까, 응?"

저는 할 말이 없었습니다. 명색이 외조부 조모라는 사람이, 더 욱이 하나님의 말씀을 가르치고 전파하는 성직자가 되어서 어 떻게 그런 무책임하고 잔인한 소릴 할 수 있단 말입니까? 게다가 그들은 요한이가 온전치 못하게 태어난 게 다 저와 우리 집안의 비천한 가족 내력 때문이라는 식으로 말하기까지 했던 것이었습 니다.
하지만 그건 저와 제 부모님의 잘못이 아니었습니다. 어머니가 뇌성마비 장애인인 만큼 요한이에게 어떤 유전적인 요인이 작용했을 수도 있지만, 그건 어쩌면 바로 아내 탓일지도 몰랐습니다. 사실 그 무렵 저는 아내와 가깝게 지내던 한 지인으로부터 아내에 대한 비밀을 좀 듣게 되었습니다. 아내는 미국 유학 시절 몇 명의 남자랑 동거 생활을 했고, 그 결과 몇 번에 걸쳐 낙태를 하기까지 했다는 것이었습니다. 아아, 정말이지 그때 느꼈던 아내에 대한 실망과 처가 식구들에 대한 분노감이라니요! 언젠가 저는 아이의 담당 의사에게 뇌성마비의 원인이 뭐냐고 물은 적이 있었는데, 그 의사의 얘기가 어땠는지 아십니까? 의사의 얘긴즉, 어떤 유전적 요인이 있을 수도 있지만 그것보단 산모의 임신 중독이나 자궁내 불안정, 혹은 습관적인 유산 등으로 인한 확률이 훨씬 더 높다고 설명해주었던 것이었습니다.

어쨌든, 저는 아내와 아내 부모님의 그런 이해할 수 없는 행동에도 불구하고 어떻게든 결혼 생활을 계속 이어가려 노력했습니다. 다소 문란했던 아내의 과거에 실망한 건 사실이나 그건 이미 저를 만나기 전에 있었던 과거의 일이었고, 저는 그래도 여전히 아내를 꽤 사랑하고 있는 몸이었으니까 말입니다.

"그러고도 당신이 여자야? 아이 엄마야? 당신은 애초부터 애 엄마 될 자격이 없는 여자야! 아니, 여자라고 부를 수조차 없는 괴물이지! 겉모습은 아름다운 여자의 탈을 썼는지 몰라도 당신한테는 애초 모성이란 게 결여돼 있으니까! 다른 장애아들을 가진 애 엄마들을 좀 봐. 당신처럼 예쁘고 안 아름다울진 몰라도 다들 자기 자식을 얼마나 위하고 사랑하는 줄 알아?"

물론 악에 받쳐 서로 할퀴고 물어뜯는 부부싸움을 할 때면 다른 장애아를 둔 엄마와 다르게 아이를 소 닭 보듯 하는 아내에게 온갖 모진 말을 하고 심한 욕을 하기도 했습니다. 하지만 그건 어쩌면 나도 아내처럼 악하고 제 자신밖에 모르는 이기적인 인간이 아닐까? 라는 자책감과 자괴감 때문에 생겨난 행동이었을지도 몰랐습니다. 아내를 욕하고 심하게 비난했지만, 저 또한 보통의 아이들과 달리 장애를 가진 아들을 보는 일은 굉장히 힘들고 고통스러운 일이었으니까 말입니다. 장애아를 낳았다는 충격 때문에 지금이야 아이를 소 닭 보듯 하고 아이에게 거의 관심이 없지만, 그래도 차차 시간이 흐르고 아내의 산후 우울증이

가시면 아내도 아이의 장애를 인정하고 사랑하겠지. 지금은 우리 모두 이렇게 힘들고 고통스러운 시간을 보내고 있지만, 비 온 뒤에 땅이 굳듯 우리 모두의 관계도 조금씩 나아지고 좋아지겠지……. 저는 짐짓 낙관적인 생각을 하려 노력하며 힘든 하루하루를 보냈습니다.

변명 같지만, 그 당시 제가 잘 모르는 분야로 사업을 넓히고 이것저것 무리한 경영을 한 것도 다 아내와 장인 장모님에게 느낀 섭섭함과 울분 같은 게 많이 작용을 하지 않았나 싶어요. 물론 추하고 못난, 몸이 성치 않은 장애아보단 귀엽고 예쁜 아이들에게 더 많은 관심이 가고 사랑을 느끼는 건 당연한 이치일 겁니다. 그건 누구도 부인할 수 없는 사실일 테지요. 하지만 자신의 피붙이인 엄마와 장인 장모님에게까지 그런 냉대와 멸시를 받는 아이를 보며 저는 아이를 위해 정말 돈을 많이 벌어야겠다는 생각을 했습니다. 생각해보십쇼? 보통 사람들과 다른 장애를 갖고 태어났다는 이유로 자신의 엄마와 외조부모에게조차 그런 냉대와 멸시를 받는데, 하물며 피 한 방울 섞이지 않은 다른 사람들에게서야 더 말해 무엇하겠습니까? 몸이 성치 못한 이상 돈이라도 많아야 우리 어머니 아버지처럼 남들에게 무시당하지 않고 고생하지 않으며 이 세상을 살아갈 수 있지 않겠습니까?

그랬습니다. 아들 녀석이 평생 장애라는 무거운 짐을 지고 힘겹게 살아야 한다는 사실을 직시한 후, 저는 잘 모르는 분야의 사업에 뛰어들어 천방지축 마구 내달렸습니다. 도에 넘는 무리한 배팅을 하고 방만한 경영을 했습니다. 믿었던 사람들에게 이것저것 많이 속고 돈도 많이 떼이고 말이지요. 모든 것이 망하고 파산한 지금에야 그게 다 제 아들을 위한다기보다 제 상처난 자존심을 회복하기 위한 보상 심리 때문이었다는 것을 깨닫게 되었습니다만, 뭐 어쨌든 그땐 그게 제가 제 아들을 위해 할 수 있는 최선의 방법이고 유일한 방책이라 생각했던 것이었습니다.

그러나 언제나 그렇듯 무리한 욕심은 화를 부르고, 더 큰 재앙을 불러일으킬 수밖에 없는 법. 저는 새로 시작한 사업에 대한 자신도 있었고 또 어느 정도 비전도 있다 생각하고 있었지만, 한번 일어난 불행은 꼬리에 꼬리를 물고 계속 저를 찾아왔습니다. 저는 결국 이것저것 새로 시작한 사업을 얼마 되지 않아 다 말아먹을 수밖에 없었고, 급기야 저는 은행 빚이며 사채 빚을 제때 갚지 못해 수표법 위반이니 사기니 횡령이니 하는 죄명으로 철창 신세까지 져야 하는 참담한 꼴이 되고야 말았던 것이었습니다.

꼬박 2년 동안의 징역살이를 하고 밖으로 나오니, 제 삶이며 가정은 이미 풍비박산이 나 있었습니다. 제가 운영하고 있던 회사는 물론 제가 소유하고 있던 부동산이며(심지어는 부모님께 지어드린 시골집 마저도!) 동산들도 모두 빚쟁이들의 손에 넘어가고 없었습니다. 그러나 제게 가장 큰 아픔과 실의를 준 건 아내의 배신이었습니다. 제가 실형을 받고부터 한 번도 면회를 오지 않아 대충 짐작은 하고 있었지만, 그녀는 그 1년 전부터 아이를 시댁에다 맡기고 신병(장인 장모의 설명인즉, 심각한 우울증을 앓고 있다더군요)의 치료를 핑계로 외국으로 나가고 없었던 것이었습니다. 제가 감옥에서 나온 후 고향에 있는 집으로 돌아가자 몸이 성치 않은 어머니만이(제가 감옥에 있는 사이 아버님은 이미 돌아가시고 안 계셨습니다. 평소 앓고 있던 지병에다 제 걱정으로 화병까지 겹쳐서 말이지요) 그사이 훌쩍 커버린 요한이를 돌보며 살고 있더군요.

아아, 정말이지 제가 그때 느낀 인간에 대한 배신감과 환멸감을 무슨 말로 다 표현할 수 있을까요? 저는 정말이지 하나님이 원망스러웠습니다. 예수처럼은 아니지만, 저는 그래도 그때껏 착하고 바르게 살아왔다고 자부할 수 있는 사람이었습니다. 가난하고 불우한 환경 속에서도 나쁜 길로 빠지지 않고, 비교적 열심히 양심적으로 말입니다. 그런데 왜 하나님은 유독 어릴 때부터 저에게만 이렇게 가혹한 시련과 좌절을 주신단 말입니까?

감옥에서 나온 뒤, 저는 완전 술에 찌든 알코올중독자가 되어 버렸습니다. 물론 처음 몇 달은 다시 재기해야겠다는 생각에 발이 부르트도록 열심히 뛰어다녔습니다. 업계에서 같이 사업을 하던 지인들에게 도움을 요청하기도 하고, 또 이런저런 사업을 새로 구상하기도 하고 말이지요. 하지만 그들은 하나같이 저에게 등을 돌렸습니다. 제가 잘나갈 땐 입에 혀처럼 굴고 간이라도 빼줄 것처럼 살살거리던 자들이 제가 땡전 한푼 없는 빈털터리에 전과자라는 것을 알자 저를 무슨 나병 환자 보듯 차갑게 대하고 슬금슬금 피하기 바빴던 것이었습니다. 저는 얼마 지나지 않아 사람들에 대한 원망과 대인기피증 같은 것으로 술에 빠져 버렸습니다. 밤낮을 가리지 않고 마셨습니다. 오직 알코올만이 유일한 위안이었습니다. 안식처였습니다. 적어도 술에 취해 있는 동안 만큼은 제가 처해 있던 상황과 골치 아픈 세상사를 모두 다 잊을 수 있었으니까 말입니다. 저는 술에 빠진 알코올 중독자들이 흔히 그렇듯 술을 마시다 죽어도 좋다고 생각했습니다. 어차피 한 번 왔다 한 번 가는 인생. 이렇게 죽나 저렇게 죽나 상관없다고 생각했습니다. 술이 깨어 가끔 온전한 정신이 돌아올 때면 고향에 맡겨놓은 제 아들 녀석과 어머니 걱정에 '내가 이러면 안 된다, 지금이라도 정신을 차리자……' 하는 생각도 들었습니다만, 이미 알코올 중독에 일정한 숙소도 없이 홈리스와 같은 생활을 하는 저로서는 도저히 정상 생활로 돌아갈 의지도 희망도 없이 철저히 망가져 버렸던 것이었습니다.

그렇게 몇 년의 시간이 흘렀을까요? 거의 거지나 다름없이 지하철역 같은 데서 먹고 자며 하루하루 힘든 삶을 연명하던 저는, 작년 연말 또 한 번의 엄청난 시련과 좌절을 겪어야만 했습니다. 그때껏 고향에서 혼자 제 아들을 돌봐온 어머니가 돌아가신 것이었습니다. 그동안 일정한 거처나 연락처도 없이 몇 달에 한 번씩 겨우 생사 정도만 알리던 저는 크리스마스를 맞이해 간단한 안부나 전할 겸 어머니가 계신 고향집으로 전화했습니다. 제 목소리를 듣자마자 어머니는 하염없이 울기만 하더군요. 제가 전화할 때마다 눈물바람을 하긴 하셨지만, 그날따라 어머니의 음성이 좀 탁하고 안 좋은 병색이 있는 것 같아 저는 어머니께 어디 아픈 데라도 있느냐고 물어보았습니다. 그러자 어머니께서 얼마간 망설이다가, 겨우 이렇게 말씀하시더군요. 시, 실은 …… 내가 가, 간암에…… 걸렸어. 의, 의사 선생님이…… 그러시는데…… 가, 간암 말기래……:

아아, 정말이지 하늘이 무너지는 것만 같았습니다! 남들에게는 어떻게 보였는지 몰라도 어머니는 저에게 하늘과도 같은 분이었습니다. 비록 남들 만큼 못 배우고 아름답지 못한 육신을 갖고 태어난 분이지만, 그래도 그분은 제가 이 세상에서 가장 믿고 의지하던 제 어머니였으니까 말입니다.

저는 공중전화를 끊자마자 버스를 타고 어머니가 살고 계신 고향으로 달려갔습니다. 이제 여섯 살 된 요한이 녀석만이 홀로 병석에 누워 계신 어머니의 곁을 지키고 있더군요(어머니의 기도 덕분이었을까요? 녀석의 장애는 그동안 많이 호전되어 있었습니다. 감기처럼 씻은 듯 나아지는 병이 아니라서 녀석은 손과 발은 여전히 좀 뒤틀려 있었지만, 녀석은 제가 생각했던 것보다 훨씬 더 그 병중이 많이 좋아져 있었습니다. 일반 사람들이 보기에 좀 흉하긴 해도 녀석은 이제 다른 사람의 도움을 받지 않고도 혼자 밥을 먹을 수도 있었고, 또 혼자 뒤뚱뒤뚱 걸을 수도 있을 만치 그 장애가 많이 줄어들어 있었던 것이었습니다. 그러나 제가 무엇보다 다행이라고 느낀 건 바로 아들 녀석의 지능이라든가 언어 발달 능력 같은 게 다른 일반인들과 전혀 차이가 없다는 점 때문이었습니다. 예수님의 기적을 보듯 요한이를 보는 저에게 어머니는 그게 다 하나님의 놀라운 은혜 때문이라고 하나님께 공을 돌렸습니다만, 저는 그게 다 어머님의 헌신적인 손주 사랑과 정성 때문이라고 생각했습니다. 어머니께 물어보고서야 겨우 안 거지만, 어머니는 요한이를 맡은 후 하루에도 몇 번씩 요한이를 데리고 병원을 왔다 갔다 했다더군요. 요한이의 장애를 조금이라도 줄이기 위해 요한이에게 필요한 언어 발달 치료라든가 근육 발달 치료, 그리고 다른 여타의 각종 치료를 받기 위해서 말이지요). 전화를 통해 들었던 것처럼 어머니의 건강은 이미 회복하지 못할 정도로 많이 망가져 있었습니다. 워낙 늦게 병원을 찾은 탓에 온몸에 암세포가 번져 병원에서도 도저히 손을 쓸 수가 없는 상황이라고 하더군요. 저는 미라처럼 빼빼 마른 어머니의 손을 붙잡고 거위처럼 꺽꺽 소리내어 울었습니다.

"엄마, 정말 미안해요…… 미안해요……."
"아…… 아니다. 지금…… 이라도 이…… 이렇게 왔으면 됐지……."

부모의 마음이란 그런 것일까요? 부모와 자식을 저버린 불효막심한 자식이었지만 어머니는 돌아온 탕자를 맞이한 아비처럼 저를 따뜻하게 맞아주었습니다. 어머니가 뇌성마비 장애를 가진 사람 특유의 어눌하고 불완전한 말투로 계속 말을 이어나갔습니다.

"너…… 너무 슬…… 퍼할 것 없다. 난…… 꽤…… 괜찮다. 살 만큼 살았고…… 니 아버지와…… 주…… 주님이 계신 곳으로 …… 가는 거니까. 다…… 다만 죽기 전에…… 하…… 한 가지 …… 소…… 소원이 있다면…… 들어줄 수 있겠니?"

"말씀하세요……."

"주…… 주님의 품으로…… 다시 돌아오너라. 이게…… 이 어미
의…… 마지막 소원이다……."

"……."

"하…… 하나님께서는 너…… 너를 사랑하신다. 니 마음은
…… 아…… 안다만 언제까지 그렇게 살 거냐? 요…… 요한이를
봐서라도 이제 그만 바…… 방황하고 주님의 품으로…… 돌아와
야 하지…… 않겠니?"

"……그럴게요……."

저는 고개를 끄덕였습니다. 하지만 임종을 앞둔 어머니의 마
음을 편하게 해주고 싶어서였을 뿐, 저는 하나님에게로 돌아갈
생각이 전혀 없었습니다. 저는 세상의 많은 풍파와 시련 때문에
신심을 잃어버린 지 이미 오래였고, 제 가슴속엔 오로지 하나님
에 대한 원망과 미움만이 가득할 뿐이었습니다.

"그…… 그래. 고맙다. 그래도…… 하…… 하나님께서 나랑 우

…… 우리 가족을 무척 사…… 사랑하시는 것 같구나. 그……
그동안 나…… 나도 하나님 원망을…… 많이 했다만 결국엔 네
…… 네가 이렇게 다시 하…… 하나님 곁으로 도…… 돌아오시
게 해주셨으니 말이다……."

　머칠 후 어머니는 요한이를 잘 부탁한다는 말과 함께 하늘나
라로 돌아가셨습니다. 그리고 저는 어머니의 장례를 마친 뒤 약
간의 짐을 챙겨 서울로 다시 올라왔습니다. 어머니의 바람대로
주님의 품으로 다시 돌아갈 생각은 않았지만, 적어도 제가 낳
은 자식만큼은 제가 잘 거두어야겠다는 생각이 들었던 것이었
습니다. 그랬습니다. 서울로 올라온 저는 알코올 중독자에 흠리
스였던 그동안의 생활을 청산하고 새 삶을 살기 시작했습니다.
이제 겨우 일곱 살밖에 안 된 제 자식과 함께 여기 이 쪽방촌에
쪽방을 하나 마련하고 하루 7~8만 원 정도의 돈을 벌기 위해
새벽 인력 시장에서 하루 종일 인력을 팔기 시작했던 것이었습
니다…….

사채업자 얘기를 하다보니 얘기가 좀 길어진 것 같지만, 아무튼 저는 사채업자의 전화를 받고 난 후 한동안 저의 불우했던 어린 시절과 파경으로 끝난 아내와의 결혼 생활을 떠올리며 터벅터벅 길을 걸었습니다. 저의 파란만장하고 불우했던 삶을 떠올리니 또다시 떨쳐버렸던 자살의 유혹이 슬그머니 고개를 들더군요.

하지만 요한이를 생각하면 차마 그럴 수가 없었습니다. 둘이 같이 죽는다면 모를까, 몸도 성치 못한 아들 녀석을 두고 어떻게 저 혼자 죽을 수가 있겠습니까? 그러고 보면 세상은 참으로 아이러니하고 알 수 없는 일들의 연속인 것 같습니다. 제가 자살의 유혹을 느끼는 이유 중 많은 부분이 요한이 녀석에게 기인하는 게 사실이지만, 제가 또 지금껏 이런 고생을 하며 구차스러운 삶을 유지하고 있는 것도 바로 요한이 녀석 때문이니까 말입니다.

여하튼, 그런저런 상념에 빠져 터덜터덜 길을 걷고 있을 때였습니다. 갑자기 저 멀리서 "불우 이웃을 도웁시다~! 불우 이웃을 도웁시다~!" 하고 외치는 구세군의 마이크 소리와 함께 교회의 봉사단체에서 나온 듯한 몇 명의 청소년들이 기타와 트럼

펫 등의 악기로 크리스마스 캐럴을 신나게 연주하는 모습이 눈에 들어오더군요. 저는 잠시 구세군 냄비 앞에 멈춰 서서 그들의 모습을 지켜보다 구세군 냄비에다 몇 천원의 돈을 구겨 넣었습니다. 흥겨운 캐럴 소리에다 저도 오랜만에 누군가를 위해 작은 선행을 베풀었다 생각하니 영 죽고만 싶고 삶을 포기하고 싶던 제 마음도 조금은 위로가 되고 밝아지는 것 같더군요. 저는 고등학생쯤으로 보이는 몇 명의 청소년들이 신나게 연주하는 캐럴을 듣고 있다가, 문득 집에 있는 요한이 녀석 생각이 났습니다. 참, 근데 요한이 녀석은 일어났나? 시계를 보니 그때쯤은 요한이를 돌봐주기 위해 한나 선생님이 우리 집에 도착해 있을 시간이었습니다. 저는 휴대폰에 저장되어 있는 한나 선생님의 전화번호를 찾아 한나 선생님께 전화했습니다.

"예, 요한이 아버님. 네, 좀 전에 도착했어요. 아뇨, 밥은 아직 …… 아뇨, 오늘은 특별히 저희 집에서 저랑 같이 먹으려고요. 듣자 하니 오늘이 요한이 생일날이라고 해서 저희 집에 조촐하게 생일상을 차려놨거든요."

하루 이틀 신세를 지는 게 아니지만, 한나 선생님에 대한 미안함과 고마움으로 저는 왈칵 눈물을 흘릴 뻔했습니다. 여기 계신 분들은 대강 다 알고 계실 테지만 한나 선생님은 여기 이 교회의 집사님으로, 인도의 테레사 수녀 못지않게 숭고한 사상을 가진 사랑의 교사입니다. 여기 이 쪽방촌의 불우한 이웃-독거노인, 소년 소녀 가장, 장애인, 노숙인 등등-을 도와 1년 365일 눈코 뜰 새 없이 바쁘게 생활하고 봉사하는 분이니까 말입니다. 그렇습니다. 요한이가 다니는 어린이집의 담임 교사인 한나 선생님, 매일 아침 일찍 일을 하러 나가야만 하는 저의 딱한 사정을 알고서는 매일 아침 우리 집으로 와서 요한이를 씻기고 돌봐주는 고마운 분이었던 것입니다.

　"안 그러서도 되는데…… 번번히 폐만 끼치고…… 정말 어떻게 감사를 드려야 할지……."
　"별 말씀을……."
　"죄송합니다. 오늘 같은 날은 제가 요한이 곁에 있어야 되는데 ……."

"아뇨, 이해해요. 곁에 있고 싶어도 못 있을 수밖에 없는 요한이 아버님 마음은 어떠시겠어요?"

"……."

"참, 요한이 바꿔드릴까요? 요한아, 전화 받아 봐. 아빠한테 전화 왔어."

"아, 아뇨, 됐어요…… 이따가 다시 하던가 하죠 뭐."

또 교회 얘기를 하며 떼를 쓸까 싶어 저는 얼른 전화를 끊으려 했습니다. 그런데 어느새 요한이 녀석이 한나 선생님의 전화를 받아 저에게 물었습니다.

"아빠 뭐해?"

"으응…… 일해. 아빠 지금 바쁘니까 이따가 다시 통화하자."

"아빠 잠깐만! 10초면 돼."

"뭔데? 빨리 말해봐."

"으응, 딴 게 아니고…… 아빠 오늘 소장 아저씨한테 말해서 좀 일찍 마치면 안 돼? 아빠가 오면 정말 오늘 있을 찬양 대회에서 1

등 먹을 수 있을 것 같은데……."

"……안 된다고 했잖아."

"치, 오면 좋은데……."

"너 자꾸 아빠 힘들게 할래? 그 얘긴 아빠가 어제도 충분히 알
아듣게 얘기했잖아. 나도 꼭 가고 싶지만 일이 바빠서 도저히 그
럴 수가 없다고."

"네에…… 알았어요……."

풀이 푹 죽은 요한이의 목소리를 듣고 있자, 요한이의 바람대
로 교회로 갈까 하는 생각도 없지 않았습니다. 하지만 그러기에
는 아직 제 마음이 하나님과 세상사에 대한 원망으로 너무 메마
르고 강팍해져 있었습니다.

"그래 선생님 말씀 잘 듣고. 이따가 다시 전화할게."

요한이와 통화를 끝낸 후, 저는 새삼 제가 못나고 옹졸한 아빠
라는 생각으로 마음이 무거웠습니다. 괴로웠습니다. 하루 벌어

하루 먹고 사는 처지라 하루라도 일을 쉴 수 없는 형편이긴 하지만, 오늘은 무슨 일이 있어도 하루 쉬면서 요한이와 시간을 보내는 게 옳았습니다. 오늘은 녀석이 세상에 나온 지 꼭 일곱 번째 되는 생일날이기도 했고, 무엇보다 녀석은 오늘 자신이 다니는 교회에서 아주 중요한 공연을 앞두고 있는 날이었으니까 말입니다.

"아빠, 나 아빠한테 부탁할 게 하나 있는데⋯⋯."

며칠 전, 잠자리에 누운 요한이가 물어왔습니다. 대체 무슨 말을 하려고 그러는진 몰라도, 제 딴에는 제 눈치를 제법 보고 어려워하는 말투로 말이지요.

"⋯⋯뭔데?"
"으응, 다른 게 아니고⋯⋯ 이번 크리스마스이브날이 내 생일이잖아? 그래서 말인데⋯⋯."
"얘기해 봐. 왜, 뭐 선물 받고 싶은 거 있어?"

그때까지만 해도 저는 며칠 뒤에 있을 생일 얘기를 하는 줄만 알았습니다. 예컨대 받고 싶은 선물이나 소원 같은 걸 말할 줄로만 알았던 것이었습니다.

"그게 아니고…… 그날 하루 쉬면 안 돼요?"

"왜? 어디 가고 싶은 데 있어? 얘기해 봐, 괜찮아."

"으응…… 다른 게 아니고…….'

제 생각이 틀렸습니다. 요한이의 대답은 엉뚱하게도 자신이 다니는 교회로 좀 와 줄 수 없냐는 것이었습니다. 요한이의 얘긴 즉, 자신이 그날 유치부 대표로 노래-교회 내 찬양 대회에서-를 하기로 했는데, 아빠인 제가 꼭 자신이 다니는 교회로 와서 자신을 응원해줬으면 한다는 얘기였습니다. 그리고 더불어 자신이 세상에서 가장 좋아하고 사랑-아빠 다음으로-하는 한나 선생님과 같이 저녁 식사도 하고, 저녁 예배도 드리고 하면 더없이 즐겁고 행복한 크리스마스가 될 것 같다는 얘기였던 것이었습니다.

"……그래? 음, 근데 어쩌지? 아무래도 그날은 일이 바빠서 좀 곤란할 것 같은데……."

　저는 난감한 얼굴로 고개를 저을 수밖에 없었습니다. 제가 예수를 믿든 안 믿든 아이를 키우는 부모라면 마땅히 그 자리에 참석하는 게 옳았겠지만, 저는 여간해선 사람이 많은 곳엔 잘 가지 않고 또 가지 못하는 성격이 되어버렸던 것이었습니다. 누가 저에게 특별히 뭐라고 하거나 해코지하는 것도 아닌데, 괜히 알 수 없는 피해의식과 대인기피증 같은 것에 걸려서 말이지요. 그런데 하물며 제가 그렇게도 미워하고 원망하던 하나님이 계신, 여기 이 교회의 성전이라니요!

　그랬습니다. 하루하루 고단하게 사는 제 형편상 어쩔 수 없이 요한이를 교회 어린이집에 맡기고, 또 한나 선생님같이 훌륭한 봉사자들로부터 많은 도움을 받으며 살아가고 있지만 저는 언제부턴가 교회와 교회 성도들에게 적지 않은 반감과 불신을 품고 있었습니다. 간혹 한나 선생님처럼 진실한 기독교인들을 보면 저의 편협함과 옹졸함이 부끄러울 때도 있었지만 한때 제 장인 장모였던 분들과 제 아내로부터그리고 불우했던 유년 시절부터 보아왔던 이런저런 많은 기독교인- 받은 상처를 생각하면 교회 쪽으로는 아예 고개도 돌리고 싶지 않았습니다. 그들이 입만 떼면 떠벌이는 '믿음'이니 '소망'이니 '사랑'이니그 외에도 얼마나 좋은 말들이 많습니까? 나눔, 섬김, 희생, 봉사 등등-하는 미사여구들은 그야말로 겉 다르고 속 다른 헛된 구호요, 구역질나는 거짓과 가식에 지나지 않는 것이라고 저는 생각하고 있던 것이었습니다.

"대신 일 끝나고 난 뒤에 아빠가 근사한 생일 파티 열어 줄게. 니가 좋아하는 햄버그랑 피자도 먹고, 동화책도 선물하고…… 알았지?"

"치이, 난 그딴 거 다 필요 없어. 그런 거보다 난 그날 아빠가 나랑 같이 놀아주고 우리 교회에 오는 게 더 좋단 말이야. 아빠, 응? 다른 날도 아니고 내 생일인데 아빤 그런 부탁도 하나 못 들어줘?"

"알았어. 아빠가 소장님한테 한번 얘기해 볼게. 그래도 안 되면 할 수 없는 거야? 알았지?"

저는 한발 물러서며 대답했습니다. 녀석의 말투며 의지가 얼마
나 강하고 간절했던지 선뜻 녀석의 청을 거절하기가 좀 어려웠
던 것이었습니다.

"대신, 아빠도 거짓말하기 없기야? 교회 오기 싫어서 아빠도
괜히 나한테 거짓말하기 없다고. 자, 약속!"
"알았어. 진짜 얘기할 거야. 맹세할게. 약속!"

적당한 핑계로 약속을 지키지 않을 생각이었지만, 저는 그래
도 제 새끼라고 아들 녀석이 무슨 노래를 부를지 조금 궁금해서
물어보았습니다.

"근데 무슨 노래 부를 건데? 정말 잘할 자신 있어?"
"당근이지! 아빠도 알잖아? 내 노래 실력! 아빠만 와서 응원해
주면 틀림없이 1등 먹을 수 있을 거야."

음악을 했던 제 외할머니와 엄마의 피를 물려받아서일까요?

저는 요한이에게 약간의 음악적 재능이 있다는 것을 알고 있었습니다. 녀석은 교회에서 부르는 찬송가나 어린이집에서 배운 동요를 자주 흥얼거리곤 했는데, 제 아들 녀석이라 칭찬을 하는 게 아니라 제가 듣기에도 녀석은 또래의 다른 아이들보다 훨씬 더 노래를 잘하고 리듬감이나 박자감 같은 게 좋았던 것이었습니다.

"무슨 노래 부를 건데? 아빠 앞에서 한번 불러봐."

녀석은 잠시 머뭇대다 '유 레이즈 미 업'이란 노래를 불러주었는데, 저는 평소 녀석이 노래를 꽤 잘하고 좋아한다는 사실은 알고 있었지만 녀석이 그처럼 노래를 잘하고 노래에 훌륭한 재능이 있는 줄은 처음 알았습니다. 뇌병변으로 다소 부정확하고 어눌한 발음이 흠이긴 했지만(오히려 그래서 녀석의 노래가 더 감동적으로 들렸는지도 모르겠습니다), 그 점만 뺀다면 녀석은 또래의 다른 누구 못지않게 노래를 잘하고 훌륭한 음색을 가진 것 같았습니다.

"어때요? 나 노래 잘하죠, 응?"

"으, 으응, 그래……. 잘하네! 연습 많이 했나 보지?"

"예, 은혜랑 같이 한 달쯤 연습했어요."

"은혜는 누군데? 듀엣으로 부르는 거야?"

"아니, 은혜는 피아노 반주, 그리고 난 노래."

"근데 그 노래는 어떻게 배웠어? 선생님이 가르쳐준 거야?"

"응. 선생님께서도 가르쳐 주시고…… 그리고 선생님께서 주신 CD를 듣고 배웠어요."

그러더니 녀석은 자신의 가방에서 한 장의 CD를 꺼내 제게 보여 주더군요. '코니 탤벗'이란 이름의 귀여운 소녀가 부른 예쁜 CD를 말이지요. 요한이의 설명과 CD에 적힌 코니 탤벗의 약력을 보고 안 일이지만, 코니 탤벗은 요한이보다 한 살 많은 영국 소녀로 영국의 유명한 TV-미래의 스타나 예술가를 꿈꾸는 일반인들이 출연하는-프로그램에 출연하는 바람에 보통의 평범한 꼬마에서 일약 세계적인 스타가 된 천재 소녀더군요.

"선생님이 그러는데…… 내가 몸이 불편한 장애인이긴 해도 꿈을 잃지 않고, 매일매일 열심히 노력하면 나도 코니처럼 얼마든 유명한 스타도 될 수 있고 음악가도 될 수 있어요. 그리고 선생님이 그러는데 나처럼 장애를 가진 사람 중에서도 장애를 극복하고 훌륭한 음악가가 된 사람들이 무지 많대요. 레나 마리아, 이희아, 음 또 그리고…… 하모니카 부는 아저씨도 있었는데 이름이 뭐랬더라? 아무튼 그날은 무슨 일이 있어도 아빠가 꼭 와줘야 돼, 알겠죠? 아빠가 와서 응원해주면 아까보다 훨씬 더 잘할 수 있을 것 같단 말이에요……."

저는 보통의 다른 꼬마들과 달리 아빠의 어려운 상황을 잘 이해하고 조르는 법이 없던 요한이가 왜 그날만큼은 그렇게 교회로 나오라고 하는지 잘 알고 있었습니다. 요한이 또래의 꼬마들에게 가장 즐겁고 신나는 날은 자신의 생일이나 운동회, 혹은 유치원에서 하는 재롱잔치 같은 날일 겁니다. 그날은 요한이 또래의 아이들에게 가장 큰 축제날이고, 자신을 낳아준 엄마 아빠로부터 자신이 얼마나 귀하고 사랑스러운 존재인지 증명받는 날이

기도 한 날이니까요. 하지만 저의 불우한 유년 시절로 비추어볼 때 그런 날들은 1년 중 가장 즐겁고 신나는 날임에 분명하지만, 저나 요한이 같이 불우한 환경에서 자란 어린애들에게는 1년 중 가장 서럽고 우울한 날이기도 할 겁니다. 생각해 보세요. 다른 애들은 다 부모님이 자신의 생일을 축하해주고 응원해주기 위해 그런 행사에 참석하는데, 유독 자신의 부모만 자신의 생일을 축하해주지 않고 행사에 참석해주지 않는다면 그 작고 연약한 가슴에 얼마나 큰 상처와 슬픔을 남기겠는지 말입니다. 모르긴 하지만, 아마 그래서 요한이 녀석이 꼭 오늘 저를 이 교회로 오라고 조르고 부탁했을 겁니다. 녀석이 아무리 나이에 비해 의젓한 성격을 가졌고 일찍 철이 들었다 해도 녀석은 이제 겨우 일곱 살밖에 안 된 철부지 어린애에 불과했으니까요. 젠장, 난 아빠도 아냐. 나같이 못나고 무심한 아빠는 차라리 없는 게 나아. 오늘 같은 날 녀석의 곁에 있어 주지 못하는 게 얼마나 큰 상처가 되고 아이의 기를 꺾는지 뻔히 알면서 끝내 녀석의 청을 뿌리치다니! 저는 아빠 노릇을 제대로 하지 못하고 있다는 자책감 때문에 잠시 제 자신을 책망했습니다. 그러고는 요한이와 함께 보낸 지난

1년간의 생활을 곱씹어보았습니다. 돌이켜보니 정말 그동안 하루하루 어떻게 버티었나 싶게 힘든 나날들이었습니다. 남자 혼자 아이를 키우는 일은, 더욱이 요한이처럼 몸이 성치 않은 장애아를 키우는 일은 결코 쉽지 않은 일일 겁니다. 하지만 곰곰 생각해 보니 저는 요한이에게 제대로 된 아빠 노릇을 한 번도 해본 적이 없는 것 같았고, 또 자랑스러운 아버지가 된 적도 없는 것 같았던 것이었습니다. 그렇습니다. 저는 돈을 벌어야 한다는 핑계로 언제나 교회 어린이집에 요한이를 맡기고 요한이랑 한 번도 변변히 놀아준 적이 없는 무심한 아빠였던 것이었습니다.

안 그러려 했지만, 지금의 제 처지를 생각하니 새삼 절 버리고 떠난 아내와 제게서 등을 돌린 세상 사람들이 밉더군요. 원망스럽고요. 하지만 제가 무엇보다 밉고 원망스러웠던 건 바로 하나님이었습니다. 제가 무슨 하늘에 큰 죄를 짓고 하나님이 노여워하실만한 잘못을 저지른 적도 없건만, 도대체 왜 하나님은 저에게만 유독 이런 가혹한 시련과 불행을 겪게 하시는지……. 제가 오늘처럼 세상을 한탄하고 하나님을 원망할 때마다 어머니는 항상 욥의 예를 들며 말씀하셨습니다.

"너…… 너무 낙담하지 마라. 하…… 하나님께서 반드시 너를 구해 주실 게다. 암. 자……지금 너에게…… 이런 시련을 주시는 건 틀림없이 너…… 너를 더 큰 하나님의 도구로 쓰시려 하는 뜻 …… 뜻일 게다. 요…… 욥을 봐라? 그…… 그에게서 얼마나 많은 것을 앗…… 앗아가시고, 큰 시련을 주셨니? 하…… 하지만 나중에는 어떻게 됐니? 미…… 믿음…… 하나로, 모든 것을 순종하고 주님의 뜻에 맡긴 결과, 나중에는…… 거…… 결국 잃어버린 것의 몇…… 몇 곱절을 다시 얻는…… 여…… 영광과 축복을 주시지 않으셨니?"

하지만 저는 더 이상 성경을 믿지도, 욥처럼 하나님에 대한 믿음이 굳건하지도 않았습니다. 하나님이란 그저 나약한 인간이 만들어낸 한낱 미신에 불과하며, 성경이란 것도 다 하나님을 팔아 자기 잇속이나 챙기고 권력이나 얻으려는 거짓 예언자나 거짓 사도들이 지어낸 삼류 소설에 다름 아니라고 생각하고 있었으니까요.

하나님! 하나님, 정말 그 위에 계신 거 맞습니까? 그렇다면 제게도 다시 한번 살아갈 수 있는 힘을 주십시오. 기회를 주십시오. 왜 다른 사람들에게는 그렇게 관대하고 사랑이 많으시면서, 왜 당신은 제게만 이토록 힘든 시련과 혹독한 좌절을 주신단 말입니까? 저는 무슨 눈이라도 올 것처럼 잔뜩 찌푸린 하늘을 보며 하나님을 원망했습니다. 그러고는 문득 이즈음 제가 자주 하던 버릇대로 로또나 한 장 사야겠다는 생각을 했습니다. 하늘에 계신 하나님한테는 대단히 불경한 말이지만, 저는 눈에 보이지도 않는 하나님을 믿고 의지하느니 차라리 로또의 확률과 제운을 믿는 게 훨씬 더 현명한 일로 여겨졌으니까요. 그랬습니다. 저는 잠시 잿빛으로 흐린 하늘을 보며 하나님을 원망하다 로또를 파는 로또 판매점으로 갔습니다. 요한이의 바람대로 요한이가 다니는 교회로 가느냐 마느냐 하는 일은 좀 더 고민한 다음, 결정을 내리기로 하고 말이지요.

저는 지하철역 앞의 로또 판매점에서 로또를 몇 장 산 다음, 로또 판매점을 천천히 나왔습니다. 제발 행운의 여신이 찾아와 제가 산 로또가 거액의 당첨금에 당첨되기를 바라면서 말입니다.

바로 그때였습니다. 제가 지나던 역 안에서 무슨 불이라도 난 것이었을까요? 웬 미치광이처럼 생긴 한 남자 하나가 지하철역 안에서 지상으로 헐레벌떡-비켜! 비켜! 하는 소리와 함께-뛰어올라오는가 싶더니, 미처 제가 피할 겨를도 없이 퍽! 하고 제 어깨를 치고 지나가는 거지 뭐겠습니까!

"에이. 뭐야?!"

저는 인상을 찌푸리며 제 어깨를 치고 달아나는 남자의 뒷모습을 의아하게 쳐다보았습니다. 제 어깨를 치고 사과 한마디 없이 달아나는 남자의 행태도 행태였지만, 남자의 손에는 남자랑 전혀 어울리지 않는 바이올린 가방이 하나 들려 있었던 것이었습니다.

대체 무슨 일 때문에 그렇게 정신없이 뛰어가는지 모르겠지만, 제 어깨를 치고 달아난 남자는 아마도 누군가를 피해 열심히 도망 중인 모양이었습니다. 뒤에서 누가 자기를 쫓아오기라도 하는 듯 남자는 연신 뒤를 돌아보며 차가 쌩쌩 지나다니는 차도를 마구 뛰어 건너고 있는 중이었으니까 말입니다.

아니나 다를까, 그때 다시 20대 중반으로 보이는 여자가 백짓장처럼 하얗게 질린 얼굴로 제 앞으로 달려왔습니다. 그러고는 거의 숨이 가빠 쓰러질 듯한 얼굴로 저에게 다급히 물었습니다.

"아저씨…… 헉헉…… 호, 혹시…… 방금 바이올린…… 들고 달아난 사람 못 보셨어요?"

저는 방금 남자가 뛰어간 차도를 가리켰습니다. 하지만 그새 남자는 차도를 다 건너고 어딘가로 사라지고 안 보였습니다.

"어, 어디로 갔지? 방금 저쪽으로 뛰어갔는데……."

순간, 여자가 큰 충격을 받은 듯 중심을 잃고 몸을 비틀비틀했습니다. 그러고는 제가 미처 그녀를 붙잡을 사이도 없이 그만 정신을 잃고 땅바닥에 풀썩 쓰러지고 말았던 것이었습니다.

"이봐요, 아가씨? 정신 차려요! 정신 차려요, 아가씨!"

저는 제 앞으로 쓰러진 여자를 몇 번 흔들어 깨웠습니다. 하지만 여자의 의식은 퍼뜩 다시 돌아오지 않았고, 저는 119로 황급히 전화를 걸었습니다.

119가 와서 병원으로 실려 갈 때까지 여자는 정신을 차리지 못했습니다.

쯧쯧, 젊은 아가씨가 안 됐군. 어쩌다 바이올린을 도둑 맞아가지곤. 근데 설마 바이올린을 잃어버린 것 때문에 쓰러진 건 아닐 테고…… 평소 다른 지병이라도 있었나? 구급차의 들것에 실려 병원으로 가는 여자를 보며 막 그 자리를 뜨려 할 때였습니다. 그런데 바로 그 순간, 아까 제 어깨를 치고 달아난 남자가 제 눈에 딱 띄는 거지 뭐겠습니까!

"!……."

확실히 범인은 자신이 저지른 범행 현장에 다시 나타나고 싶은 충동이나 심리 같은 게 있나 봅니다. 자신이 저지른 사건의

추이가 궁금했던지 아까 여자의 바이올린을 훔쳐 달아난 남자가 반대편 길에서 이쪽을 힐끔힐끔 훔쳐보고 있다가 저랑 눈이 딱 마주쳐버린 것이었습니다.

그 순간 남자는 저를 피해 허겁지겁 다시 도망을 치기 시작했습니다. 그런데 저도 모르는 사이, 저는 어느새 차들이 쌩쌩 달리는 차도를 건너 그 미치광이 같은 남자를 뒤쫓고 있었습니다.

몇 백 미터에 걸친 쫓고 쫓기는 추격전 끝에 저는 마침내 남자를 붙잡을 수 있었습니다. 사람이 잘 다니지 않는 막다른 골목에서 남자를 붙잡고서야 안 일이지만, 남자는 아침부터 꽤나 많은 양의 술을 마신 모양이었습니다. 저는 남자의 떡진 머리며 더럽고 냄새나는 옷 같은 걸로 미루어볼 때 남자가 노숙자라는 것을 단박에 알아볼 수 있었는데, 아무튼 남자의 입에선 아침 일찍부터 심한 소주 냄새와 함께 술 취한 사람 특유의 혀 꼬부라진 소리가 마구 튀어나오고 있었으니까 말입니다.

"뭐야? 왜 이래? 당신이 뭔데 아무 죄 없는 사람을 이렇게 뒤쫓고 난리야? 이거 못 놔!"

"몰라서 물어요? 당신이 여기 이 바이올린을 그 아가씨한테서 훔쳐갔잖아? 아니에요?"

저는 남자의 손에 들린 바이올린을 보며 다그쳤습니다. 그러자 적반하장으로 남자가 되레 저한테 큰소리를 치며 눈을 희번득거렸습니다.

"무슨 잠꼬대야? 여기 이 바이올린은 내 거야, 내 거! 이 사람이 대체 사람을 뭘로 보고……."

"이 사람 이거 진짜 안 되겠구만! 내가 인생이 불쌍해서 한번 봐줄까 했더니…… 좋아요, 그럼 지금 당장 나랑 경찰서로 갑시다! 그럼 당신이 거짓말을 하는지 내가 무슨 오해를 하는지 금세 밝혀질 테니까."

"아니, 잠깐! 잠깐만요! 일단 이거부터 놓고 좀……."

제가 남자의 멱살을 잡고 경찰서로 마구 끌고 가려고 하자, 그 제서야 남자가 잘못을 빌며 사건의 정황을 설명하더군요.

"사실은…… 그게 어떻게 된 거냐면……."

남자의 설명을 듣자니, 아까 제 앞에서 쓰러진 여자는 바이올린을 전공한 가난한 음대생이거나 버스킹 같은 것을 하는 거리 연주자인 것 같았습니다. 여자는 출근하는 직장인이나 등교하는 학생들을 상대로 지하철역에서 간단한 연주를 한 모양이었는데, 글쎄 그 술주정뱅이 같은 남자가 여자의 바이올린을 강제로 빼앗아 달아난 것이라고 했으니까 말입니다.

　"……미안해요. 나도 원래 그렇게 나쁜 놈은 아닌데 배가 고파서 그랬어요. 내 꼴을 보면 알겠지만, 실은 내가 어제 아침부터 아직 한 끼도 제대로 못 먹었거든. 그래서 그랬어요. 그러니까 형씨가 웬만하면 한 번만 봐주쇼, 예? 내가 세상에서 가장 보기 싫은 것이 짭새고 가기 싫은 곳이 경찰서니까! 자요, 그렇게만 해주면 내가 이 바이올린은 그냥 그 아가씨에게 다시 곱게 돌려줄 테니까."

　저는 그만 남자를 용서하기로 했습니다. 죄는 밉지만, 거지나 다름없는 남자의 꼴을 볼 때 제가 그를 굳이 경찰서로 끌고 가는 것도 좀 웃기고 야박한 일로 느껴졌으니까 말입니다.

"알았어요. 그럼 당장 그 바이올린이나 빨리 돌려줘요."

제가 너무 만만하고 물렁하게 보인 걸까요? 자신의 손에 들린 바이올린을 제게 넘기려던 그가 갑자기 음흉한 미소를 띠며 말했습니다.

"근데…… 내가 잠깐 할 말이 있는데……."

맙소사! 남자의 말을 듣는 순간, 저는 남자의 턱을 한 대 갈기고 싶은 충동이 들었습니다. 남자의 말인즉, 자신이 잘 아는 장물업자가 하나 있는데 거기서 이 물건을 팔면 한 50만 원 정도는 받을 수 있을 것 같다, 그러니 괜히 고지식하게 경찰서니 뭐니 겁주지 말고 자기랑 둘이서 돈을 나눠 갖자는 식으로 살살 꼬셨던 것이었습니다.

"뭐요!? 이 사람이 정말 사람을 뭐로 보고…… 그걸 지금 말이라고 해요?"

"아니, 싫음 말지 뭘 그렇게 인상을 쓰고 그래? 사람 무섭게

스리."

제가 불같이 화를 내자 남자가 슬그머니 꼬리를 내리더군요.
그러나 그는 또 다른 말로 저의 속을 한 번 더 뒤집었습니다.

"좋아, 그럼 그건 관두고…… 돈 있으면 만 원짜리나 한두 장
좀 줘봐요. 내 그걸로 소주도 한 잔 마시고 국밥도 한 그릇 사
먹고 하게."
"뭐요? 내 참 정말 어이가 없어서……."

확실히 제가 좀 만만하고 물렁하게 보이긴 물렁하게 보였던 모
양이었습니다. 남자는 제가 자신의 뜻을 잘 받아들이지 않자 아
예 그 자리에 드러누워 배 째라는 식으로 큰소리를 치고 나왔으
니까 말입니다.

"뭐야, 그것도 안 돼? 씨팔, 그럼 경찰에 신고를 하든 감옥에
넣든 당신 맘대로 해! 난 죽었으면 죽었지 그냥은 못 돌려주겠으

니까! 당신도 봤잖아? 나도 죽을 각오로 이 바이올린을 날치기 한 거라고. 감옥에 갈 생각이랑 차에 치어 죽을 각오하고 훔친 거란 말이야."

저는 결국 만 원짜리 두 장을 건네주고서야 바이올린을 돌려받을 수 있었습니다. 사내의 억지와 뻔뻔스러움에 어이가 없었지만 저도 한때 사내와 같은 알코올 중독자에 노숙자였던 시절이 있었고, 부끄러운 얘기입니다만 그땐 저도 소주 한 병을 얻기 위해 거의 구걸이나 다름없는 행동을 하곤 했던 적이 있으니까 말이지요.

"대신 이걸로 술 마시지 말고 꼭 밥 사 드세요. 아셨죠?"
"고마워. 형씬 복 받을 거야. 땡큐, 메리 크리스마스!"

노숙자와 헤어진 후, 저는 바로 그 근처에 있던 한 병원으로 달려갔습니다. 아까 여자가 병원으로 실려갈 때 저는 119대원에게 어떤 병원으로 가느냐고 물어보았습니다. 제가 뭐 여자의 가족이나 지인은 아니지만, 119로 전화한 최초 신고자로서 아무래도 여자의 건강이 좀 궁금하고 신경 쓰여서 말이지요. 그러자 119의 한 대원이 바로 그 근처에 있던 병원으로 갈 거라고 제게 말해주었던 것이었습니다.

하지만 제가 있던 곳에서 한 3킬로미터쯤 떨어져 있던 그 병원으로 달려갔을 땐, 이미 그 여자는 병원을 나가고 없었습니다. 여자는 다행히 응급실로 실려온 지 얼마 되지 않아 의식을 회복했는데, 몇 가지 검사라도 받고 가라는 의사의 만류에도 불구하고 황망히 병원을 떠났다는 얘기였습니다.

"방금 나갔다구요? 그럼 혹시 연락처 같은 거 좀 알 수 없습니까? 아님 이름이나 주소 같은 거라도……."
"몰라요. 뭐가 그리 급한지 그냥 응급 처치비만 내고 사라지는 바람에……."

저는 낙담한 얼굴로 천천히 병원을 나왔습니다. 내 코가 석 자인데 괜히 또 오지랖 넓은 짓을 했나 싶은 게 여자를 찾는 일이

묘연하더군요. 꼭 무슨 대가를 바라고 한 건 아니지만 저는 어쨌든 바이올린을 찾아주면 바이올린을 잃어버린 여자에게 고맙다는 인사도 좀 듣고, 또 아까 제가 노숙자에게 준 만원짜리 두 장도 어쩌면 다시 돌려받을 수도 있겠다고 생각하던 중이었으니까 말입니다.

이제 어떻게 하지? 경찰서에 신고해야 하나? 아니면 지하철 분실물 센터에? 저는 제 손에 들린 바이올린 가방을 내려다보다 바이올린 가방을 슬쩍 한번 열어보았습니다. 혹시 아까 그 노숙자가 바이올린을 망가뜨리지나 않았을까 하는 걱정이 들기도 했고, 또 제가 들고 있는 바이올린의 값어치가 어느 정도 나가는 것인가 하는 호기심이 들기도 해서 말입니다.

뭔가 좀 고급스럽고 값비싸 보이는 갈색의 바이올린 가방을 연 순간, 제 앞에 놓인 바이올린에 눈이 좀 휘둥그레졌습니다. 바이올린을 전공한 아내 덕분에 저는 그래도 바이올린에 대해 약간의 지식을 갖고 있는 편이었습니다. 그렇다고 뭐 제가 '소더비'나 '옥션'의 전문감정위원처럼 이건 얼마 정도의 가치가 있고 저건 얼마 정도의 가치가 있다-혹은 진품이다, 가품이다-할 수 있을 정도의 많은 바이올린 지식을 갖고 있는 것은 아니지만……, 아무튼 제 앞에 놓인 바이올린을 보는 순간 저는 그 바이올린이 예사 바이올린이 아니라는 것을 단박에 알아챌 수 있었습니다. 제가 바이올린 전문가가 아니라서 뭐라 조목조목 설명할 순 없지만, 그 악기는 분명 만들어진 지 한 1~2백 년 정도는 되었을 것만 같은 낡고 고풍스러운 악기였고, 또한 그 악기를 구성하고 있는 재질이며 만듦새 같은 것도 이탈리아의 장인이 그야말로 한땀 한땀 온갖 정성을 다해 만든 명품 바이올린인 것 같았습니다.

그러나 제가 그 바이올린 가방을 열어 보고 놀란 건 정작 그다음이 더했습니다. 제가 열어 본 바이올린 가방 속에는 다행히 바이올린 주인의 신분을 알 수 있는 여권과 명함집 같은 게 몇 가지 들어 있었는데, 그 여권에 붙은 사진과 명함집 속에 든 몇 장의 명함을 본 순간 마치 타이슨의 주먹에라도 한 대 맞은 듯 정신이 멍했습니다.

맙소사! 사진 속의 주인공은 바로 제니 정이었습니다! 굳이 설명하지 않아도 제니 정이 누군지는 여러분도 잘 알고 계실 겁니다. 제니 정은 장영주, 혹은 사라 장이라고 불리는 바이올리니스트와 함께 우리나라가 배출한 세계 최정상급의 유명 바이올리니스트니까 말입니다.

이게 어떻게 된 거지? 대체 뭐가 어떻게 된 일이야? 사태가 퍼뜩 파악되지 않아 저는 아까 제 앞에서 쓰러진 여자의 모습을 되돌려보았습니다. 그럼 아까 그 여자가 바로 제니 정이었단 말야? 에이, 설마! 그럴 리가…….

하지만 기억을 돌려 여자의 모습을 곰곰 되짚어보니, 아까 제 앞에서 쓰러진 여자가 제니 정과 많이 닮았다는 생각이 들더군요. 하도 정신이 없어 아까는 무심코 지나쳤지만 제니 정-또한 재미교포-특유의 빠다 냄새 나는 말투며 작고 여리여리한 그녀의 몸매로(편한 사복 차림에 안경을 꼈기 때문에, 재깍 그녀의 모습을 알아볼 수는 없었습니다만) 미루어볼 때 그녀는 아마 제니 정이 틀림없는 것 같았습니다. 하지만 말이 안 되잖아? 그 시각에 왜 제니 정같이 유명한 여자가 지하철역에서 바이올린 연주를 한단 말이야? 더군다나 그녀는 현재 미국에 살고 있잖아? 그런데 도대체 왜……? 혼자 머리를 갸웃대던 저는 병원 앞에 있던 PC방으로 뛰어갔습니다. 제니 정에 관한 정보며 연주 일정 따위를 검색해 보면 제 손에 들려 있는 바이올린의 주인이 정말 제니 정인지 아닌지 금방 알 수 있을 테니까 말이지요.

맙소사! 제니 정의 정보를 검색한 지 10분도 안 돼 저는 제가 갖고 있는 바이올린의 주인이 제니 정이라는 것과 지금 제 수중에 있는 바이올린이 엄청나게 비싼 바이올린이라는 것을 알 수 있었습니다. 도저히 잘 믿기지 않는 얘기였지만, 인터넷에 뜬 정보는 그녀가 분명 제니 정이라는 사실을 말해주고 있었습니다. 그녀는 평소 그녀의 음악을 아끼고 사랑하는 국내 팬들을 위해 몇 년 만에 다시 고국을 찾았고, 며칠 전부터 한국에 머물고 있었습니다. 그리고 그녀가 이런저런 연주회장이나 인터뷰장 같은 데서 들고 있던 바이올린은 분명 제가 들고 있는 바이올린과 거의 똑같이 닮아 있었던 것이었습니다.

스트라디바리우스!! 그렇습니다, 그 악기는 분명 클래식에 별 관심이 없는 사람조차도 한 번쯤은 들어봤음직한 명품 바이올린 중의 명품 바이올린이었습니다. 그런 명기를 돈으로 환산하는 게 좀 뭣한 것 같지만, 그럼에도 굳이 우리나라 돈으로 환산하자면 최소한 몇십 억은 족히 나가지 않을까 싶은……

포털 사이트의 검색창을 닫고 PC방을 나설 때만 해도 저는 그저 신기하고 기쁘기만 했습니다. 제가 들고 있는 바이올린이 그렇게나 값비싼 악기고, 그런 값비싼 악기를 제니 정에게 무사히 돌려줄 수 있어 정말 다행이라는 생각에 말이지요. 와, 세상에 어떻게 이런 일이 다 있지? 다행히 그 노숙자한테 준 만 원짜리 두 장은 돌려받을 수 있을지도 모르겠군. 아냐, 어쩌면 고맙다고 약간의 사례금을 줄지도 몰라. 그럼 사례금은 필요 없다고 하고 아들 녀석에게 생일 선물로 갖다주게 사인이나 한 장 해달라고 하자. 기왕이면 핸드폰으로 기념사진도 한 장 찍고……

하지만 PC 방이 있던 3층 건물을 다 내려왔을 때, 제 마음엔 이미 사악한 뱀 한 마리가 또아리를 틀고 있었습니다. 저는 마치 『반지의 제왕』에 나오는 인물들처럼 반지가 주는 부와 탐욕 앞에 정의와 양심을 빼앗겨버렸던 것이었습니다. 제 마음속에 또아리를 틀고 있던 뱀이 제 귀에 대고 속살거렸습니다.

-이봐, 친구. 자네 돌았어? 그 바이올린을 정말 제니 정인가 뭔가 하는 여자한테 돌려주겠단 거야? 돌았군, 돌았어! 그냥

눈 딱 감고 자네가 그 바이올린을 가져! 먹어! 아까 봤지? 그 바이올린이 얼마나 멋지고 값비싼 악긴지? 그 돈이면 자네도 이젠 고생 끝이야. 뇌성마비로 평생 장애를 안고 살아가야 할 아들에게 얼마든 좋은 교육도 시킬 수 있고, 또 아귀 새끼 같은 사채업자들에게 더 이상 들볶이지 않아도 된다구. 뿐이야? 자네도 이제 지긋지긋한 가난에서 벗어나 새 삶을 시작해야지. 요한이를 제 자식처럼 돌봐줄 착한 마음씨를 가진 여자를 얻어 새장가도 가고 또 예전처럼 새로 조그만 사업도 시작하고 말이야.......

-꼬드기지 마. 그래도 이건 아냐. 어릴 때부터 찢어지게 가난했고 또 지금도 거의 거지처럼 살고 있지만 적어도 난 이제껏 남의 물건을 도둑질하거나 양심을 팔면서 살진 않았어.

-미쳤군, 미쳤어! 아직 고생을 덜 했나 보지? 굴러들어온 복을 걸어차도 유분수지...... 그 바이올린이 자네 손에 들어온 이상 그 바이올린은 이미 자네 거야, 자네 거! 자네 사정이 하도 딱하니까 하늘에서 선물한 거라구. 그래, 자넨 로또에 맞은 거야, 로또에 맞은 거! 내가 충고하는데, 자넨 그냥 그렇게

눈 한번 질끈 감고 양심을 외면해버려. 자네도 겪어봤겠지만,
그 빌어먹을 양심이란 게 사람 밥 먹여주는 건 아니잖아?

　저는 제 마음속에 든 뱀과 하나님께서 준 양심의 소리와 싸우
다 일단 택시를 타고 한강으로 갔습니다. 그 상황에서 딱히 한
강으로 가야 할 이유는 없었지만, 저는 아무도 없는 곳에서 혼
자 좀 생각하고 싶었던 것이었습니다. 제 마음속에서 끊임없이
저를 꼬드기는 뱀의 말을 들을 것인가? 아니면 애초 하나님께서
주신 선한 의지와 양심의 소리를 따라 제가 들고 있는 바이올린
을 다시 바이올린 주인에게 돌려줄 것인가? 저는 택시를 타고 한
강에서 내린 뒤, 대낮부터 소주를 마시기 시작했습니다. 가슴이
두방망이질 치고 다리가 후들거려 술이라도 마시지 않고서는 불
안해서 미칠 것만 같았습니다. 저는 한강변의 작은 매점에서 산
소주를 들이켜며 생각에 생각을 거듭했습니다. 마치 세익스피어
의 「햄릿」에 나오는 햄릿처럼 오랫동안 갈등하고 번민하며 말이
지요. 그리고…… 오랜 고심 끝에 저는 마침내 이런 결론을 내렸
습니다. 그래, 이건 하늘이 준 기회야. 두 번 다시는 오지 않을

놓칠 수 없는 좋은 기회……. 제니 정한테는 정말 미안한 일이지만…… 그 여자는 부유하고 능력 있는 여자니까 이깟 바이올린 하나 없다고 해도 죽지는 않을 거야. 물론 바이올리니스트에게 자기가 쓰는 바이올린만큼 중요한 것도 별로 없겠지. 또 자기가 신체 일부처럼 아끼고 소중하게 여기는 값비싼 바이올린이니만큼 그녀 역시 상당한 충격과 후유증을 겪을 수밖에 없겠지. 하지만…… 몇 년 후 내가 다시 사업에 재기하고 성공하면 그때 가서 용서를 빌어도 늦지 않잖아? 물론 제니 정이 잃어버린 바이올린도 다시 사서 돌려주고 말이야…….

저는 애써 제 자신을 합리화하고 정당화시키며, 제 손에 들린 바이올린을 어떻게 처리하는 게 좀 더 현명하고 효율적으로 처리하는 것일까? 고민하고 갈등하기 시작했습니다. 그럼 이 바이올린을 어떻게 돈으로 만든다? 장물업자에게 넘기나? 아니면 고가의 골동품을 취급하는 골동품상에? 아냐, 차라리 제니 정에게 연락해 직접 거래를 제안하는 게 더 좋을지 몰라. 내가 오늘 우연히 당신의 바이올린을 수중에 넣게 됐는데, 당신은 이걸 돌려주는 대가로 나에게 얼마의 돈을 줄 수 있겠냐……?

저는 제 나름대로 완전 범죄를 위한 각본을 짜고 소설을 구성하느라 꽤 많은 시간을 보냈습니다. 문득 몇 시쯤 됐나? 하는 생각이 들어 시계를 보니 시계는 어느새 점심시간을 훌쩍 넘겨 오후 3시를 향해 달려가고 있었으니까요.

저는 마침내 한강의 한 공중전화 부스에서 제니 정에게 협박전화를 했습니다(다행히 바이올린 가방 속에는 그녀의 전화번호가 적힌 명함이 몇 장 들어 있었습니다).

"제니 씨? 당신의 바이올린은 제가 잘 보관하고 있으니 너무 걱정하지 마세요……."

저는 바이올린을 볼모로 제니 정에게 거래를 제안했습니다. 마치 어린아이를 인질로 돈을 요구하는 유괴범처럼 말입니다. 마음이 편친 않았습니다. 오랜만에 마신 술로 간이 좀 커지고 돈에 눈이 멀어 수화기를 들긴 했지만, 거의 패닉 상태에 빠져 있는 제니 정의 목소리를 들으니 양심의 가책 때문에 그제라도 그녀에게 바이올린을 그냥 돌려주고 싶다는 생각이 들더군요. 하지만 암담하기 그지없는 저의 삶과 요한이의 미래를 위해 이를 악물고 요구 조건을 제시했습니다.

"……돈을 준비하려면 약간의 시간이 필요할 테니, 딱 하루의 시간을 드리겠습니다. 그리고 미리 경고하는데, 경찰에 신고한다든가 뭐 다른 꼼수를 부린다든가 하는 짓은 일체 삼가십쇼! 그럼 제가 보관하고 있는 이 악기는 영원히 다시 못 보게 될 수도 있으니까. 자, 그럼 제가 다시 연락드리겠습니다……"

저는 제가 무슨 소리를, 어떻게 지껄였는지도 잘 기억하지 못한 채 전화 부스를 뛰쳐나왔습니다. 얼마나 떨리고 긴장을 했던지 온몸에서 식은땀이 줄줄 나는 게 간이 다 오그라붙은 것 같았습니다. 도대체 지금 무슨 짓을 하고 있는 거야? 아무리 힘들어도 이건 아니잖아? 그래, 지금이라도 다시 전화해서 바이올린을 곱게 돌려주자. 내가 아무리 없고 타락을 해도 그렇지 남의 물건을 탐하고 강도질하는 건 진짜 아닌 것 같으니까. 한순간의 욕심으로 해서는 안 될 짓을 하긴 했지만, 제 가슴속에 살고 있던 양심이란 놈이 또다시 비쭉 고개를 들더군요. 하지만 저는 이내 다시 머리를 완강하게 이리저리 내저었습니다. 너, 돌았어? 전화라도 안 했으면 모를까, 협박 전화까지 해놓고 이제와서 이런다고 뭐가 달라질 줄 알아? 넌 이미 심각한 범죄를 저질렀어. 이왕 엎지른 물이니까 좌고우면하지 말고 끝까지 쭉 밀고 나가! 그것만이 니가 유일하게 사는 길이니까!

저는 마치 뭉크의 〈절규〉에 나오는 사람처럼 괴로워했습니다. 공포에 잔뜩 질리고 경악에 찬 얼굴로 말이지요. 우연히 굴러온 복을 발로 걷어찰 수 없다는 욕심 때문에 결코 용서받지 못할 죄를 저지르긴 했지만 저는 마치 치매에 걸린 사람처럼 무슨 짓을 한지도, 앞으로 무슨 행동을 어떻게 해야 할지도 잘 인식하지 못한 채 두려움에 떨었습니다. 엉망으로 엉킨 실타래처럼 제 머릿속은 온통 선과 악, 죄와 벌에 대한 생각으로 뒤죽박죽이었습니다.

바로 그때였습니다. 제 휴대폰으로 한나 선생님이 보낸 한 통의 문자 메시지가 '딩동' 하고 들어온 것은.

-아직 일하고 계시나 봐요? 일 때문에 아무래도 못 오시나 보죠? 바쁘시더라도 오셨으면 요한이가 무척 대견하고 자랑스러우실 텐데....... 좀 늦더라도 일 끝나시는 대로 교회로 오셔서 저희와 함께 즐거운 시간을 보냈으면 좋겠네요. 주님의 축복이 항상 당신과 함께하시길 기원합니다.

저는 돈과 양심 사이에서 천당과 지옥을 오가며 어쩔 줄 몰라 하다가, 한나 선생님의 메시지 때문에 까맣게 잊고 있던 요한이 생각으로 마음이 조급해졌습니다. 일단 요한이와 함께 안전한 곳으로 피해 있어야겠다는 생각이 들더군요. 바이올린을 돌려줄 것인지 아니면 계속 바이올린을 미끼로 돈을 요구할지는 잠시 뒤로 미루고, 요한이와 함께 한 며칠 조용한 곳에서 몸을 숨기고 있는 게 최선일 것 같았습니다. 경찰에 알리지 않는다고 했지만 아무래도 바이올린을 분실한 제니 정이 경찰에 신고할 공산이 컸고, 그랬다면 벌써 경찰이 아침의 그 노숙자와 저를 찾아 나서고 있을 게 불을 보듯 뻔했으니까요.

저는 허둥지둥 한강을 나온 뒤, 택시를 타고 빨리 여기 이 교회로 가자고 택시 기사님께 말했습니다.

사람은 역시 죄를 짓고 살게 못 되더군요?

저는 택시에서 내린 뒤, 커다란 십자가가 걸려 있는 교회 마당으로 헐레벌떡 들어섰습니다. 그런데 바로 그 순간, 저는 마치 선악과를 따먹고 난 직후의 아담과 하와처럼 심한 죄책감과 수치심으로 흠칫 몸을 떨어야 했습니다. 앞서 얘기했다시피 저는 여러 가지로 힘든 삶의 고난과 인생의 거친 파도를 겪으며 그동안 애써 하나님을 부정하고 외면하며 살아왔습니다. 그러나 어린 시절 내내 교회와 떼려야 뗄 수 없는 환경에서 살았고, 또 한때나마 목회자를 꿈꾸었을 만큼 하나님의 살뜰한 자녀였던 저로서는 아무래도 교회로 들어서는 일이 무척이나 죄스럽고 불경스럽게 느껴졌던 것이었습니다. 더욱이 저는 그동안 지은 죄를 회개하고 하나님과의 관계를 회복하러 온 게 아니라, 오히려 하나님의 집에 도둑질하러 들어온 강도나 마찬가지였으니까요.

저는 무겁고 떨리는 마음으로 교회 현관을 지나, 크리스마스 행사가 열리고 있는 3층의 교육관으로 뛰어올라 왔습니다. 예

상대로 이 교육관에서는 크리스마스이브를 맞아 우리 주 예수께서 이 땅에 오심을 축하하고 경배하는 크리스마스 행사가 한창 열리고 있더군요. 여기 이 교육관에는 어린이 선교원에 다니는 학부형들과 이런저런 교회 성도들, 그리고 여기 이 교회의 잔치에 초대받은 쪽방촌 주민들이 모두 한데 모여 즐겁고 행복한 시간을 보내고 있었습니다. 여기 이 교회에 다니는 어린이들과 청소년들이 마련한 짤막한 성극과 찬양 대회 같은 것을 보며 말이지요.

그런 광경은 크리스마스 때면 제가 늘상 보던, 어린 시절부터 교회서 자라고 생활해 온 저로서도 너무도 익숙하고 정겨운 풍경이었습니다. 하지만 오늘따라 왜 그렇게 여기 모인 모든 사람의 모습이 그리도 행복하고 부럽게 보이던지요? 저는 마치 초대받지 못한 잔치에 몰래 침입한 불청객처럼 여기 계신 분들과 섞이지 못한 채, 교회 맨 구석의 커튼 뒤에 몸을 숨기고 요한이를 찾아 두리번거렸습니다. 무대 뒤에서 자기 차례를 기다리는 중인지 요한이의 모습은 퍼뜩 눈에 들어오지 않더군요.

어떻게 하지? 빨리 요한이를 데려가야 하는데…… 저는 제가 갖고 있던 마스크와 모자로 얼굴을 반쯤 가린 채 요한이가 있을 법한 무대 뒤의 대기실 쪽으로 가 보았습니다. 대기실에는 다음 순서를 기다리는 아이들이 곧 있을 공연에 참여하기 위해 목을 가다듬거나 떠들썩하게 잡담을 나누고 있었습니다. 요한이가 보이지 않길래 요한이 또래로 보이는 아이 하나에게 물으니, 방금 요한이의 담당 교사인 한나 선생님이 요한이와 몇 명의 꼬맹이들을 데리고 화장실 쪽으로 갔다고 말하더군요.

"걔네들 지금 저희 선생님한테 무지 혼나고 있을 걸요. 다른 애들이 요한이를 병신이니 바보니 하고 막 놀리고 괴롭혔거든요. 그래서 요한이는 막 울고……."

부리나케 복도 끝에 있는 화장실 쪽으로 가 보니, 꼬마 녀석의 말대로 한나 선생님이 요한이를 놀리고 괴롭힌 녀석들을 엄하게 꾸짖고 있더군요. 요한이는 한나 선생님의 곁에서 어깨를 들썩이며 서럽게 울고 있고 말입니다. 요한이가 울고 있는 모습을 보자 당장이라도 뛰어들어 요한이를 놀리고 괴롭힌 녀석들을 혼내주고 싶었습니다. 하지만 아무래도 제가 끼어들 상황은 아닌 것 같아 저는 화장실 밖에 몸을 숨긴 채 몰래 화장실 안의 광경을 엿보고 있을 수밖에 없었습니다.

"너희들 정말 선생님한테 한번 혼나볼래, 응? 선생님이 그동안 몇 번이나 타일렀어? 요한이는 너희들과 달리 몸이 불편한 친구니까 너희들이 다른 친구들보다 더 다정하고 따뜻하게 대해줘야 된다고 얼마나 그랬어! 대답해 봐. 선생님이 그랬어, 안 그랬어?"

"그랬어요……."

"잘못했어요……."

"용서해주세요……."

"더군다나 오늘이 무슨 날이야? 다른 날도 아니고 오늘 같은 날까지 친구를 놀리고 괴롭히면 예수님께서 얼마나 슬퍼하시겠니, 안 그래? 너희들 다 천국 가기 싫어? 불지옥에 떨어지고 싶어?"

눈물이 쏙 빠질 정도로 꼬마들을 꾸짖고 타이른 다음, 한나 선생님이 한 사람씩 차례차례 요한이에게 사과하라고 했습니다.

"자, 빨리 한 명씩 사과하고…… 악수해. 성태 니가 제일 많이 놀렸다니까 너부터 사과해. 어서."

"요한아, 미안해…… 다음부턴 다신 안 놀릴게……."

친구들이 내미는 손을 잡고 사과를 받긴 했지만, 요한이는 아직 서러움이 완전히 가시지 않았는지 계속해서 어깨를 들썩이며 울먹이고 있었습니다.

"됐어. 너희들은 그만 가 봐. 다음부터 요한이를 또 놀리고 싸우고 그러면, 그땐 정말 이 선생님한테 크게 혼난다. 알겠지?"

꼬마들이 화장실을 나가고 난 뒤에도 요한이의 울먹임이 잦아들지 않자, 한나 선생님이 요한이를 안고 등을 토닥여주더군요.

"괜찮아, 울지 마. 그만 뚝 그쳐, 뚝! 좀 있으면 니 차렌데 계속

이러면 어떡하니, 응?"

울음을 삼키려 노력하며 요한이가 서럽고 처연한 목소리로 말했습니다.

"선생님, 아이들 말처럼 전 아무도 사랑하지 않는 아이인가 봐요. 하나님도 그렇고 아빠도 그렇고…… 절 버리고 미국으로 떠난 엄마도 그렇고……."

"아냐. 그건 니가 잘못 알고 있는 거야. 하나님이나 아빠나 엄마나, 세 분 다 너를 너무너무 사랑해서. 그런데 다만……."

"아녜요. 다 거짓말이에요! 안 그럼 하나님께선 왜 다른 아이들처럼 저도 정상적으로 태어나지 못하게 하신 거예요? 그리고 또 우리 아빠 엄마는 왜 다른 애들의 부모님처럼 이런 중요한 날에도 저랑 같이 있어 주지 못하는 거예요? 왜요?"

"아냐, 아냐. 그건 말이야……."

아이가 상처받지 않게 조근조근 달래는 한나 선생님의 말을 듣고 있자니 정말이지 가슴이 찢어질 듯 아팠습니다. 못난 아비 어미 탓에 그동안 아이가 받았을 상처를 생각하니 참말이지 눈물이 앞을 가리더군요.

"……무슨 말인지 선생님 말 다 알아듣지? 요한이는 머리도 좋고 어른스러우니까 선생님이 무슨 말을 하는지 다 알아들었을 거야. 그치?"

"네에……."

"자아, 그럼 우리 손 모으고 기도 한번 할까? 하나님께 우리 오늘 있을 공연을 무사히 잘 할 수 있게 해달라고 기도하고, 또 요한이의 소원대로 아빠가 다시 하나님 앞으로 돌아오게 해달라고 기도하자, 자……."

요한이가 하는 기도를 엿들으며 저는 쥐구멍이라도 찾고 싶은 심정이었습니다. 요한이의 기도 내용과 소원이 대체 어땠는지 아십니까? 인생의 많은 시련과 고난을 겪은 뒤 언젠가부터 하나님의 곁을 떠난 제가 회개하고 하루빨리 하나님의 품으로 다시 돌아오도록 해달라는 것이었습니다. 자나깨나 주님을 찾던 할아버지 할머니 영향으로 요한이의 신심이 어린애답지 않게 두텁다는 걸 모르고 있진 않았습니다만, 막상 녀석의 입을 통해 아빠를 위해 기도하는 아들의 목소리를 들으니 뭐라 말을 할 수 없는 부끄러움과 함께 다시금 눈물이 왈칵 쏟아지더군요.

"자, 빨리 세수하고 무대에 올라갈 준비하자. 곧 우리 차례니까."

눈물로 얼룩진 요한이의 얼굴을 닦아주고 있는 한나 선생님을 뒤로하고 저는 다시 공연이 펼쳐지고 있는 교육관으로 들어왔습니다. 제 사정이 아무리 급하고 난감해도 그 상황에서 무작정 요한이를 밖으로 데리고 나올 수는 없는 노릇이었으니까 말입니다.

앞서 펼쳐지고 있던 다른 팀들의 찬양이 끝나고 마침내 요한이의 차례가 되었습니다. 진행을 맡고 있는 젊고 예쁜 여교사가 요한이와 은혜가 꾸밀 무대를 소개했습니다.

"다음은…… 좀 특별한 무대입니다. 유치반 김요한 군과 이은혜 양의 무대로…… 두 명 다 몸이 불편한 꼬마 친구들인데 주님을 위해 아름다운 찬양을 준비했다고 하네요. 자, 그럼 여러분들의 큰 격려와 응원의 박수를 부탁드립니다."

무대로 나서는 요한이와 은혜(그제야 안 거지만, 은혜는 앞을 못 보는 시각장애인이었습니다)을 보며 저는 순간적으로 하나 선생님에 대한 원망과 이상한 적의로 기분이 좀 나빴습니다. '장애인도 맘만 먹으면 얼마든지 일반인보다 더 잘할 수 있다'는 식으로 그럴싸하게 포장을 하긴 했지만, 장애를 가진 두 아이에게 이런 무대를 마련케 한 뒤에는 두 아이의 장애를 팔아 뭔가 좀 정치적이고 세속적인 이익을 바라고 한 행동이 아닐까? 하는 이상한 의심이 들었던 것이었습니다.

"두 친구가 찬양할 곡은…… 〈유 레이즈 미 업〉입니다. 자, 두 꼬마 친구가 떨지 않고 잘할 수 있게 다시 한번 여러분들의 힘찬 격려와 응원의 박수를 부탁드립니다."

요한이와 은혜가 무대 앞으로 나올 때까지만 해도 객석의 반응은 그다지 호의적인 것이 못 되었습니다. 제가 너무 세상을 삐딱하게 보고 냉소적으로 생각하는 것일지도 모르지만, 객석에 앉아 있는 사람들의 표정에는 뭔가 좀 불편하고 마뜩찮아 하는 분위기가 역력했습니다. 장애아들에게 비교적 관대한 교회이니만큼 대놓고 업신여기거나 야유를 보내진 않았지만, 객석에 앉아 있는 사람들의 얼굴에는 다들 '으음, 날이 날인 만큼 뭔가 좀 구색도 갖추고 얄팍한 감동을 주기 위해 두 아이의 순서를 마련한 것 같은데…… 근데 꼭 저렇게까지 할 필요가 있나?'라고 하는 듯한 표정과 염려 같은 것이 희미하게 떠올라 있었던 것이었습니다.

when I, m down and, oh my soul, so weary......

은혜의 피아노 반주에 맞추어, 드디어 요한이가 떨리는 목소리로 노래를 하기 시작했습니다.

then, l am still and wait in the silence......

노래가 시작되고 얼마 되지 않아 싸늘하고 냉소적이었던 객석의 분위기가 확연히 바뀌기 시작했습니다. 다들 〈어, 쟤들 봐라? 장난이 아닌데?……〉하는 분위기였습니다.

놀란 건 저 또한 마찬가지였습니다. 그저께 한번 들은 적이 있는 터라 녀석이 제가 생각하고 있던 것 이상으로 노래에 소질이 있다는 건 알고 있었지만, 저는 요한이의 목소리가 그처럼 맑고 청아했는지 비로소 그때에야 처음 깨달았습니다. 소리의 공명이 좋은 교회 건축 구조와 값비싼 음향 기계 탓인지 모르겠지만, 녀석의 노래는 그저께 밤에 잠깐 집에서 들었던 것보다 훨씬 더 아름답고 감동적으로 제 귀에 들렸던 것이었습니다.

you raise me up, so I can stand on mountains......

사람의 가슴을 후비는 가사 내용과 애절한 곡조 때문이었을까요? 아니면 장애를 가진 몸으로도 열심히 하나님의 은혜와 은총을 노래하는 요한이와 은혜 때문이었을까요? 그것도 아니면 낮부터 마신 술로 오랫동안 잠자고 있던 제 안의 감성이며 신심이 다시 모락모락 피어났던 것이었을까요? 아무튼 은혜의 맑고 낭랑한 피아노 반주에 맞춰 요한이가 노래를 부르는 동안 저는 자꾸 목이 메고 눈가가 따끔거려 눈물을 훔치지 않을 수 없었습니다.

I am strong, when I m on your shoulders......

저는 요한이가 부르는 노래의 가사를 곱씹으며, 한시바삐 제가 들고 있는 바이올린을 제니 정에게 다시 돌려줘야겠다고 생각했습니다. 경제적으로 너무 힘들고 어려워 잠깐 사탄의 유혹에 넘어가긴 했지만, 무대에서 노래하고 있는 아들 녀석을 보자 저는 더 이상 아이 앞에서 나쁜 아빠가 되어서는 안 되겠다는 생각이 들었습니다. 아들 녀석은 저렇게 천형과도 같은 장애를 겪으면서도 하나님을 믿고 찬양하고 감사하며 사는데, 아빠란 작자는 기껏 남의 물건을 훔치고 자살할 생각이나 하다니요! 그랬습니다. 저는 제 아들 앞에서 너무나도 부끄럽고 한심한 아빠라는 생각이 들었던 것이었습니다.

두 아이의 노래와 연주에 감동받기는 저뿐 아니라, 다른 사람들도 마찬가지인 것 같았습니다. 요한이와 은혜가 처음 무대로 등장할 때까지만 해도 사람들은 뭔가 좀 시큰둥하고 불편해하는 기색이었습니다. 하지만 요한이와 은혜가 준비한 찬양이 다 끝나갈 때쯤 되자 객석에선 다들 눈물을 찔끔찔끔 흘리거나 애써 눈물을 참으려 하는 사람들로 가득했습니다.

I am strong, when I am on your shoulder......

은혜와 요한이가 준비한 찬양이 다 끝나자, 사람들의 환호와 갈채가 우레같이 쏟아지더군요. 몇몇 사람들은 두 꼬마 친구의 찬양에 감동받아 앵콜을 연호하며 기립 박수를 치기까지 했습니다.

눈물로 얼룩진 두 뺨을 닦으며 저는 슬며시 교회 복도로 나갔습니다. 생각 같아서는 당장이라도 무대 뒤로 달려가 녀석을 힘껏 안아주고 녀석에게 잘못을 빌고 싶었지만, 그 전에 저에겐 잠깐 할 일이 있었습니다. 저는 주머니에 있는 휴대폰을 꺼내 다시 제니 정에게 전화했습니다.

"아까 전화했던 사람입니다. 다름이 아니라 바이올린을 돌려드리고 싶습니다. 아니, 돈은 필요 없구요. 아깐 제가 잠시 생각을 잘못했던 것 같습니다. 대신 저에게 한 1시간 정도의 시간만 좀 주십쇼. 그럼 제가 틀림없이 당신이 묵고 있는 호텔로 가서 바이올린을 돌려드릴 테니까요……."

그랬습니다. 요한이를 만나고 난 뒤에 제니 정에게 연락할 수도 있었지만 저는 더 이상 부끄러운 아빠가 아닌, 떳떳한 아빠의 모습으로 요한이를 만나고 싶었던 것이었습니다.

"예, 예. 제가 지은 죄는 직접 찾아뵙고 모두 사죄드리겠습니다. 그럼 이만……."

전화를 끊은 후, 저는 요한이가 퇴장한 무대 뒤로 달려갔습니다.

"어, 아빠!"

저를 보자마자 요한이가 해처럼 밝고 환한 얼굴로 제 품으로 달려왔습니다.

"아빠 언제 왔어? 저 노래하는 거 보셨어요?"
"그래, 그래……."

저는 요한이를 꼭 끌어안았습니다. 아이 앞에서 눈물을 보이기 싫었지만 저도 모르게 다시 한번 뜨거운 눈물이 울컥 쏟아지더군요.

"아빠 왜 그래? 왜 울고 그래?"
"아냐, 아빠가 너한테 미안한 게 많아서 그래…… 아빠가 정말 너한테 미안하게 많다……."
"괜찮아. 지금이라도 이렇게 왔으면 됐지 뭐. 그리고 어디선가 들은 건데 사랑하는 사람끼린 서로 미안하단 말을 하지 않는 거래."

"그래, 그래⋯⋯."

저는 한나 선생님께 간단히 인사한 뒤, 요한이와 함께 교회 복
도에서 잠시 얘기를 나눴습니다. 마음 같아선 당장 요한이와 함
께 근사한 패밀리 레스토랑에라도 가서 생일 파티를 열어주고
싶었지만 요한이의 생일 파티는 잠시 뒤로 미룰 수밖에 없는 상
황이었습니다. 저는 제니 정과 한 약속대로 한시바삐 제니 정이
묵고 있는 호텔로 가서 바이올린을 돌려줘야 하는 상황이었으니
까요.

"요한아. 여기서 조금만 기다려 알았지? 아빠가 어디 좀 갔다
가 금세 다시 돌아올 테니까."

"응, 알았어. 대신 방금 나랑 한 약속 꼭 지켜야 돼. 저녁 예배
보고 선생님이랑 같이 생일 파티 하기로 한 거 말이야."

"그래, 그러자."

저는 요한이의 볼에 입을 맞춘 후, 1층에 있는 교회 마당으로 뛰어내려왔습니다. 제니 정에게 약속했듯 지금 당장 제가 들고 있던 바이올린을 제니 정에게 다시 돌려주기 위해 말이지요. 그런데 바로 그 순간, 한 대의 경찰차와 함께 한 대의 승용차가 교회 마당으로 끼익 들어섰습니다.

"!……;"

저는 본능적으로 그 차들이 저를 잡으러 온 차들이라는 것을 알 수 있었습니다. 아나나 다를까, 그 차들 안에서 몇 명의 건장한 사내와 제니 정, 그리고 아침에 저랑 잠깐 만났던 그 노숙자가 일제히 우르르 내리고 있었으니까 말입니다.

때아닌 경찰과 제니 정의 출현에 아연해 있던 저에게 아침의 그 노숙자가 소리쳤습니다.

"맞아요! 저 사람이에요! 바로 저 사람!"

저는 벼락이라도 맞은 듯 제자리에 멍하니 서 있었습니다. 경찰을 피해 도망갈 생각도 별로 없었을뿐더러, 제 앞으론 어느새 아침의 그 노숙자랑 몇 명의 경찰이 빠르게 저를 잡으러 달려오고 있었으니까요.

차가운 은색의 수갑이 제 손에 철컥 채워지는 순간, 저는 어쩌면 오랫동안 감옥에 있어야 할지도 모른다고 생각했습니다. 애초의 계획을 버리고 바이올린을 다시 돌려주겠다고 했지만, 그렇다고 바이올린을 빌미로 제니 정을 협박하고 공갈친 죄까진 사라지진 않을 터였으니까요.

"정말 죄송합니다. 처음부터 나쁜 마음을 먹으려 그랬던 건 아닌데…… 근데 믿으실지 모르겠지만 지금 막 바이올린을 돌려드리러 가는 길이었어요. 이건 정말입니다."

저는 제니 정과 저를 잡으러 온 사람 중에서 가장 젊고 계급이 높아 보이는 사람(그들끼리 나누는 대화를 통해 저는 그가 검사라는 사실을 알 수 있었습니다)에게 선처를 부탁했습니다. 양심을 파느니 차라리 감옥이 낫다는 생각으로 회심을 하긴 했지만, 막상 수갑을 찬 채 경찰서로 끌려가야 할 상황이 되니 왠지 좀 억울한 생각이 들기도 하고 두려운 생각이 들기도 했던 것이었습니다.

"제발, 한 번만 용서해 주십시오. 한 번만 용서해 주시면 오늘 일을 거울삼아 정말 열심히 살겠습니다……."

어떻게 해야 할지 몰라 젊은 검사의 눈치를 보고 있는 제니 정을 대신해 젊은 검사가 크게 소리쳤습니다.

"용서? 이봐요, 아저씨. 이게 어디 말로 잘못했다고 해서 해결될 일이에요? 당신이 뭘 잘 몰라서 그러나 본데…… 당신이 얼마나 큰 죄를 저질렀는지 알아요? 당신 때문에 여기 계신 이 숙녀분께서 얼마나 놀라고 애를 태웠는지 아느냐 말이에요? 하긴 당신같이 무식하고 나쁜 사람들한테 이런 말 해봤자 내 입만 아프지만……."

젊은 검사의 호통에 저는 무척 자존심이 상하고 낯이 화끈거렸습니다. 하지만 제니 정과 제니 정의 곁에 있는 검사에게 저는 다시 한번 사과와 사죄의 말을 했습니다.

"죄송합니다. 정말 죽을 죄를 지었습니다. 하지만 제발 이번 한 번만 용서해 주시면……."

"와, 이 사람 이거 진짜 뻔뻔하구만! 글쎄 그렇게 말로 잘못했 다고 해서 간단히 해결될 문제가 아니라니까 자꾸 그러네. 좋아 요, 딴 건 그렇다 치고 당신 때문에 여기 계신 숙녀분이랑 다른 공연 관계자들의 피해가 얼마나 큰지 생각해 봤어요? 당신의 그 잘난 행동 때문에 오늘 저녁이랑 내일 저녁에 있을 공연은 물론 다른 스케줄까지 몽땅 다 펑크가 나게 생겼단 말이에요. 아시겠 어요, 내 말?"

"정말 죄송합니다. 제가 짧은 생각에 그만……."

젊은 검사의 얘길 들으니 정말 제니 정을 볼 낯이 없더군요. 비록 몇 시간 동안이긴 하지만 바이올린을 잃어버림으로써 그녀 가 받았을 충격과 이런저런 금전적인 피해를 생각하니 제가 정말 큰 잘못을 저지르긴 저질렀구나 싶은 생각이 들더군요. 하지만 저를 원망하는 마음보다 바이올린을 다시 찾았다는 기쁨이 큰 탓인지 저를 보는 제니 정의 눈빛은 그리 야멸차거나 싸늘해 보이진 않았습니다. 그녀의 마음을 다 알 순 없지만 바이올린이 다시 자신의 품에 들어온 이상 그녀는 굳이 저와 노숙자의 처벌을 바라고 있는 것 같지는 않아 보였습니다.

"하여튼 긴말 필요 없고…… 당신 같은 사람은 감옥에 가서 콩밥을 좀 먹어봐야 돼. 자, 꾸물거리지 말고 빨리 차에 타요. 할 말 있음 서에 가서 하고. 어이, 최 형사님 이 사람 이거 빨리 차에 태워요."

"자, 잠깐만요! 잠깐만 제 말 좀 들어주십시오."

뜨악하게 보는 검사의 옷자락을 붙들고 제가 다시 한번 사정했습니다. 어쩌면 제가 생각했던 것보다 훨씬 더 오랫동안 요한이와 헤어져 있을 수도 있다는 생각에 저는 속이 새까맣게 타들어가는 것 같았습니다.

"죄송한 부탁이지만…… 저에게 두어 시간 정도의 시간만 좀 주시면 안 되겠습니까? 그 다음은 검사님 말씀대로 어떤 벌이든 달게 받겠습니다…… 예?"

저는 염치불고하고 제 사정을 짧게 얘기했습니다. 아들 녀석과 단둘이 사는데 오늘이 바로 아들 녀석의 생일이라는 것, 그리고 그 아들 녀석이 지금 이 교회 안에서 크리스마스 행사를 하고 있는데 행사가 끝난 뒤 아들 녀석과 간단한 생일 파티를 하기로 약속했다는 것들을 말이지요.

"젠장, 무슨 수사반장 찍는 것도 아니고…… 신파가 따로 없군. 그러니까 뭡니까? 애가 아빠의 부재를 잘 받아들일 수 있게 해야 하니까…… 그런 시간을 좀 달라?"
"네, 염치없는 말인 줄 알지만…… 제발 좀 부탁드리겠습니다. 하늘에 걸고 맹세하는데, 절대 도망을 친다든가 다른 사기를 친다든가 하는 짓은 하지 않겠습니다."
측은한 표정으로 고개를 끄덕이는 제니 정과 달리 젊은 검사는 시큰둥한 표정으로 홰홰 손사래를 쳤습니다.

"아, 시끄러워요, 시끄러! 당신 사정이야 어떻든 그건 우리 알
바 아니고…… 일단 입 다물고 조용히 경찰서로 갑시다. 난 당신
같이 파렴치한 범죄자를 붙잡고 벌 주는 사람이지 당신 같은 사
람들 하소연 들어주는 사람이 아니니까."

저는 경찰의 억센 손에 이끌려 경찰차 안에 실렸습니다. 죄
를 지었으니 어떤 벌이든 달게 받는 게 마땅하겠지만, 제가 없
는 동안 요한이를 누가 돌봐줄까 생각하니 정말이지 눈앞이
다 캄캄하더군요.

"자, 이제 그만 출발하죠. 형사님들이 먼저 피의자를 데리고
앞장서요. 저는 제니 씨랑 제 차로 경찰서로 갈 테니까."
저랑 노숙자가 실린 경찰차가 교회 마당을 빠져나가려고 천천
히 후진할 때였습니다. 저를 나무라던 젊은 검사와 함께 승용
차에 타려던 제니 정이 갑자기 제가 탄 경찰차 앞으로 황급히

뛰어오더군요.

"스톱! 잠깐, 잠깐만요!"

죄는 밉지만 제 처지가 너무 딱하고 안쓰럽게 느껴진 것이었을까요? 제 옆자리로 올라탄 제니 정이 어리둥절한 표정을 짓고 있는 저에게 묻더군요.

"저어…… 몇 가지 궁금한 게 있는데…… 물어봐도 괜찮겠어요?"

"?"

"갑자기 왜 마음을 바꾸셨어요? 처음에는 돈을 요구하시더니……."

"그건……."

잠시 망설이다 저는 더듬더듬 얘기했습니다. 앞서 여러분께 들려드렸던 음울한 과거사와 제가 오늘 아침부터 그때까지 겪었던 여러 가지 사건과 상황을 빠르고 두서없이 말이지요.

"아아…… 그러셨군요……."

도회적이고 도도해 보이는 외모와는 달리 제니 정은 무척이나
동정심이 많고 배려심이 깊은 아가씨더군요. 제 말을 듣는 동안
줄곧 안타까운 표정으로 고개를 끄덕이고 눈물을 글썽이던 그
녀가 마침내 제 손을 잡고 이렇게 따뜻한 말로 저를 위로해주기
까지 했으니까 말입니다.

"너무 상심하지 마세요. 처음 돈을 요구했을 땐 무척 화가 났
지만…… 얘기를 들어보니 다 이해가 가네요. 아마 제가 선생님
처지였다해도 선생님처럼 행동했을 거이에요."
"아닙니다. 저를 용서하지 마세요. 저는……."
"아네요, 너무 자책하지 마세요. 오늘 있었던 일을 하나하나
다 생각해보고 곱씹어보니 이게 다 하나님께서 우리를 위해 준
비하신 큰 사랑이고 은혜 같으니까 말이에요."
"네?"

선뜻 이해하지 못해 의아해하는 저에게 제니 정이 얘기해주었습니다. 제가 그랬던 것처럼 그녀가 오늘 새벽부터 그때까지 겪었던 여러 가지 사건과 상황 같은 것을 연신 놀랍고도 경이롭다는 말투로 말이지요……

"맙소사! 어떻게 그런 일이……"

제니 정의 얘기가 다 끝난 뒤, 저는 한동안 꿈을 꾼 것처럼 정신이 멍했습니다. 그건 정말이지 다 하나님이 관계하고 주관하신 일이라고밖에는 설명하기 힘든 놀라운 우연과 기적의 연속이었으니까 말입니다.

"정말 놀랍죠? 저도 아직 잘 믿기지 않아요. 어떻게 선생님과 제가 이런 사건을 계기로 서로 엮이고 이 자리를 통해 이런 말들까지 나누게 됐는지……"

그러면서 제니 정은 저의 죄를 모두 용서하겠다고 했습니다. 오늘 일은 모두 없던 일로 하고 깨끗이 잊어버리겠다고 말입니다.

"……그러니까 이제 저한테 너무 미안해하지 마세요. 아니, 미안해하실 게 아니라 오히려 제가 감사드리고 싶어요. 중간에 마음고생을 좀 하기도 하고 또 오늘 공연을 부득이 할 수 없게 되긴 했지만, 어쨌든 선생님 덕분에 무사히 바이올린을 되찾을 수 있게 됐으니까 말이죠. 그리고 무엇보다 하나님이 얼마나 우리를 사랑하고 계시는가 하는 것을 몸소 깨닫게 해주셨으니 이제 저한테 그렇게 미안해하시지 않아도 돼요, 아셨죠?"

그리고는 우리 두 사람의 곁에서 우리가 하는 얘기를 모두 신기하게 듣고 있던 젊은 검사에게 저의 선처를 부탁했습니다.

"저 부탁드리는데…… 이 분을 그냥 용서해 주시면 안 될까요? 바이올린도 무사히 돌려받았고 웬만하면 전 그냥 없던 일로 하고 싶은데……."

그 검사도 그리 야박하고 정이 메마른 사람은 아닌 것 같았습니다. 직업의 특성상 피의자인 저에게 무척 차갑고 깐깐하게 굴긴 했지만, 저의 선처를 구하는 제니 정의 부탁에 흔쾌히 고개를 끄덕여주었으니까 말입니다.

"피해자가 선처를 부탁하니 특별히 이번 한 번만 봐주는 거니까…… 앞으로 절대 이런 짓 하지 마세요. 아무리 사는 게 힘들고 어렵더라도 남의 물건을 탐하면 안 되는 거예요. 아시겠어요?"

"죄송합니다……."

"그럼 빨리 안으로 들어가보세요. 요한이라고 했나요? 아이가 아빠를 무척 기다리고 있을 텐데……."

"고맙습니다. 고맙습니다……."

저는 두 사람에게 연신 감사의 인사를 올린 후, 3층의 교육관으로 다시 헐레벌떡 뛰어올라왔습니다. 제니 정에 대한 고마움과 하나님에 대한 감사함으로 연신 눈가에서 흐르는 눈물을 어린애처럼 훔치고 닦아내며 말이지요.

제가 3층의 교육관으로 다시 들어왔을 땐, 얼추 크리스마스 행사가 다 끝나가고 있었습니다. 한 청소년 팀의 중창을 끝으로 오늘 있을 행사의 순서가 다 끝나고 참가자들이 모두 무대 위로 나오더군요. 그러고는 곧 교회에서 마련한 간단한 상패와 상품을 수여하는 시상식이 시작되었습니다.

저는 요한이가 조그마한 상이라도 탔으면 좋겠다는 생각을 하며 은혜와 함께 무대 위에 서 있는 요한이를 향해 손을 흔들었습니다. 요한아, 아빠다! 여기야, 여기! 하지만 알록달록한 조명과 왁자지껄해진 객석의 분위기 탓인지 요한이는 객석 맨 뒤쪽에 있는 저를 잘 알아보지 못하더군요.

몇 팀의 참가자에게 크고 작은 상이 주어지고 마침내 대상을 호명할 차례가 되었습니다. 아직 요한이와 은혜가 수상자에 호명되지 않은 터라 저는 조마조마한 마음으로 진행자의 수상 발표를 기다렸습니다.

"이제 마지막 대상만 남겨 놓고 있네요. 대상자가 발표되면 모두 큰 축하와 축복의 박수를 보내주세요. 자, 그럼 끝으로 오늘 성탄 축하 찬양 경연 대회의 대상에는……."

차르르……. 사람을 긴장시키는 드럼 소리에 맞춰 잠시 뜸을 들이던 진행자가 드디어 오늘의 대상자를 호명했습니다.

"오늘의 대상자는…… 유치반의 김요한 군과 이은혜 양!"

저는 온몸에 소름이 좍 끼치는 것을 느끼며, 두 꼬마에게 아낌없는 박수를 보냈습니다. 정말이지 너무 기쁘고 장하다는 생각이 들었습니다. 겨우 교회 내에서 하는 찬양 대회서 상을 탄 것에 불과하지만, 몸이 불편한 두 꼬마가 다른 팀을 제치고 대상을 받는 모습을 보니 왜 그렇게 제 가슴이 뿌듯하고 뜨거운 감동 같은 게 치밀어오르던지요!

"자, 그럼 오늘 이 대회는…… 두 꼬마 친구의 앵콜을 들으며 모두 끝마치도록 하겠습니다. 여러분 감사합니다. 자, 박수."

진행자의 요청에 따라 두 꼬마가 다시 무대 앞으로 나왔습니다. 그리고는 아까 두 꼬마가 들려주었던 〈유 레이즈 미 업〉이란 노래를 다시 한번 더 부르고 조용히 연주하기 시작했습니다.

when I'm down and, oh my soul, so weary......

바로 그때였습니다. 맑고 낭랑하게 울려퍼지는 요한이의 노래 위로 어디선가 아름다운 바이올린 소리가 들려오기 시작했습니다. 처음 저는 그게 요한이의 뒤에 선 참가자 중에서 누군가가 내는 바이올린 소리라고 생각했습니다. 아니었습니다. 그건 다름 아닌 제니 정이 켜는 바이올린 소리였습니다! 대체 어찌 된 영문인지 잘 몰랐지만, 그녀는 어느새 요한이가 서 있는 무대 위로 오르며 〈유 레이즈 미 업〉을 열심히 연주하고 있었던 것이었습니다. 요한이가 부르는 노래에 맞춰 아주 멋지고 아름답기 그지없는 바이올린 선율로 말이지요.

아아, 정말이지 아까 제가 느꼈던 그 가슴 저릿한 감동과 전율을 무슨 말로 다 표현할 수 있을까요? 저는 제니 정에게 듣지 않아도 왜 그녀가 자신이 묵고 있는 호텔로 돌아가지 않고 여기 이 교회로 들어왔는지 다 알 수 있을 것 같았습니다. 그리고 왜 그녀가 두 꼬마 친구의 앵콜에 맞춰 그런 즉흥적인 바이올린 연주를 했는지도 말이지요.

저는 요한이와 은혜, 그리고 제니 정이 연출하고 있는 아름다운 광경과 음악을 보고 들으면서, 무대 뒤편으로 커다랗게 걸린 십자가를 바라보았습니다. 그러자 제 가슴속에서 오랫동안 들끓고 있던 분노와 미움, 시기와 원망 같은 나쁜 감정이 모두 한꺼번에 눈 녹듯 사라지고 제 안에서 뭉텅, 뭉텅 빠져나가는 것을 느낄 수 있었습니다. 그리고 저는 그와 함께 가슴 저 깊은 곳에서 뜨거운 불덩이 같은 게 마구 솟구쳐, 저도 잘 알 수 없는 사이 땅바닥에 털썩 무릎을 꿇고 하나님께 크게 탄식했습니다. 오, 주여! 제가 무엇이건대 당신은 이토록 저를 하시는 겁니까? 저는 당신을 버렸지만 당신은 끝내 저를 버리지 않으셨군요! 오, 사랑이 많으신 주님……

저는 우리를 구원하기 위해 죄 많은 이 땅에 오시고, 우리의 죄를 씻기 위해 십자가에 못 박혀 돌아가신 예수님의 삶을 생각하며 다시 한번 뜨거운 참회와 감사의 눈물을 흘렸습니다. 그러고는 두 손을 꼭 모은 채 요한이가 부르는 노래를 낮게, 그러나 아주 뜨겁게 따라 불렀습니다.

I am strong, when I am on your shoulder

you raise me up, to more then I can be……